哲學家與狼

The Philosopher and the Wolf

Lessons from the Wild on Love, Death and Happiness

Mark Rowlands
馬克・羅蘭茲——著
黃意然 譯

我花了很長一段時間，才了解自己為什麼如此深愛布列寧，並且在他離去後如此痛苦地想念他。他教了我一些我長期所受的正式教育無法教的東西：在我靈魂中一個古老的小角落，仍然住著狼。

致謝詞

喬治．米勒首先為格蘭塔委託我寫這本書。這幾乎肯定是喬治完全信賴之舉，因為按共識，沒有人真的知道前期的書稿在寫些什麼。喬治離開後，編輯的過程由莎拉．哈洛威接手，她是編輯的理想。她提出敏銳、聰明，和最重要的，富有耐心的問題，並堅決確認我不會忘記重點，讓這本書比原先可能的版本要來得更好。文字編輯是由蕾思麗．李文完成。在我相當廣泛的經驗中，從來沒有文字編輯的過程如此輕鬆，甚至有點樂趣，我也不曾從這個過程中，學到那麼多寫作的藝術。我對這三人獻上最深的謝意。同時也謝謝薇琪．哈里斯一貫傑出的校對。另外，不用說，一定要感謝我的經紀人，麗茲．普提克，讓我又一個瘋狂的計畫能順利進行。

這本書如果沒有主角的題材就不會存在。所以，布列寧，我的狼兄弟，謝謝你與我分享你的一生，喔，當然，還要謝謝你的親密伙伴，妮娜和黛絲。

最後，給布列寧：我的兒子，不是那位兄弟。我不能說寫這本書是為了你，因為這本書早在你甚至只是老爸眼中的閃光之前就開始了。但我完成了，因為我希望你了解你的名字。因爲這點，還有我已花了預付款。最後，記住，光想到有多少次我將後悔說出這點，我就發抖：我們只有挑戰才能拯救自己。

馬克・羅蘭茲
寫於邁阿密

目錄

第一章 空地

最重要的你，不是那個喜歡耍詐的你，而是狡猾奸詐拋棄你、任你自生自滅時，被遺留在後頭的你。最重要的你，不是那個依賴運氣的你，而是運氣用盡後留下來的你。到末了，猿猴總是會辜負你。你可以問自己一個最重要的問題：當這樣的結局發生時，留下的會是什麼？

1

這本書是寫一匹名叫布列寧的狼的故事。從一九九〇年代到二〇〇〇年代初期，他跟我住在一起超過了十年。由於他跟一位飄移不定、靜不下來的知識分子共同生活，所以變成一匹四處遊歷的狼，住過美國、愛爾蘭、英國，最後移居到法國。他也比任何一匹狼受過更多自由的大學教育，雖然多半並非自願。你看到後面就會知道，如果我放任他無人照料的話，我的房子和財物會有怎樣悲慘的下場，因此我不得不帶他一起去工作。由於我是哲學教授，這表示我得帶他到課堂上。我以平板的聲調講述哲學家或哲學時，他通常躺在教室的角落打瞌睡，跟我的學生眞的挺像。偶爾，講課內容特別沉悶，他會坐起來嚎叫，這個習慣讓他備受學生寵愛，他們大概很希望自己也能做同樣的事。

這本書也寫生爲人類是什麼意思。這裡指的人不是生物學上的實體概念，而是指我們人類能做到其他生物不能做的事情。在我們描述自己的故事中，總是不斷歌誦我們的獨特。有些故事裡說，我們之所以獨特是因爲有能力創造文明，保護自己免於大自然腥牙血爪的侵害。有些故事則指出，我們是唯一懂得分辨善惡的生物，因此也是唯一眞的能行善或爲惡的生物。還有故事說，我們很獨特是因爲有理智；我們是一群不理性的畜牲中唯一有理性的動物。有的認爲，我們運用語言的能力將我們與其他啞巴動物明確地區分開來。有些說我們之所以獨特，是因爲只有我們能夠憑自由意志行動。還有的認爲，是因爲唯獨我們有能力去愛。也有的說我們是唯一能了解眞正幸福的本質與根本的生物。或者，因爲只有我們能了解自己終將死亡。

但我一點也不相信這些故事能說明我們和其他生物間最關鍵的分歧。有些我們認爲其他生物不會做的事情，實際上牠們會。而有些事情我們認爲自己會，但事實上我們不會。至於其他的事情，嗯，多半是程度上的差別，而非性質上的差異。我倒認爲，我們的獨特來自一個事實：會說故事。不僅如此，我們還眞的相信這些故事。假如我想用簡單一句話來定義人類，那麼可以這樣說：人類是一種相信自己所說關於自己的故事的動物。人類是輕信的動物。

在這黑暗時代，無疑的，我們述說自己的故事成了區隔一個人和另一個人的最大根源。輕信和敵意往往只有一步之隔。然而，我擔心的是，我們說的這些自己爲何是人的故事，不是要區分自己和其他人，而是要區分我們和其他動物。每個故事都有所謂黑暗的一面，都會投下陰影。陰影是你將在故事背後發現的，同時你會找到故事眞正顯現的東西。而那陰影的黑暗至少有個層面。第一，故事所呈現的經常是人性中極不討喜、甚至令人不安的一面。第二，故事顯露的往往是眼睛很難看到的。這兩點並非毫無關聯。很顯然的，我們人類有能力輕易忽略自己令人討厭的一面，而此種特質也衍伸到那些我們用來對自己說明自己的故事中。

「狼」，當然是傳統的人性黑暗面的代表，雖然不是公平挑選出來的。從各方面來看，這都很諷刺，不單單是語源學上的反諷。希臘文裡的狼是*lukos*，跟光明*leukos*十分相近，所以兩個字經常牽連在一起。這種聯想或許只是翻譯錯誤的結果，或者是兩個字在語源學上可能有更深的關連。但無論是何種原因，阿波羅同時被視爲太陽神和狼神。在本書中，重要的是狼與光明的關係。你可以把狼想像成森林中的空地。在森林深處，也許黑到連樹木都看不見，空地卻能將隱藏的東西暴露出來。而我要證明的便是，狼乃人類靈魂的空地。狼顯現了我們在述說自己的故事中隱藏起來的東西，也就是故事沒有明說的部分。

我們站在狼的陰影中。物體投射陰影有兩種方式：一種是遮蔽光線造成陰影，另一種是把本身當作光源，由其他物品遮蔽所造成的陰影。例如我們會說人有影子，還有火光造成了影子。而我說的狼的陰影，並不是狼自身投下的影子，而是我們遮蔽狼發出的光所形成的影子。從狼的陰影中回顧我們自己，正是我們不希望了解自己的部分。

2

布列寧幾年前過世了。我發現自己每天仍然想著他。可能許多人會覺得這樣是過分溺愛，畢竟，他只是隻動物。儘管現在我的人生在各個重要方面都處在最佳狀態，我卻認爲自己已逐漸在走下坡。這眞的很難解釋爲什麼，有好長一段時間我自己也不明白。現在我想我了解了。布列寧教了我一些長久以來我受的正式教育中沒教過和無法教的事。既然他走了，這門課就很難保持所需的清晰與鮮明。時間會治癒傷痕，但必須透過遺忘。這本書就是希望能在記憶消失之前，將這門課記錄下來。

北美的印第安伊羅奎族有個神話，描述他們曾被迫做出的抉擇。這則神話有各式各樣的形式，以下是最簡單的版本：爲了決定接下來的狩獵季節要遷移到何處，伊羅奎族召開部落會議。但沒想到的是，他們最終選擇的地點竟是狼群的棲地。因此，伊羅奎族人成爲狼群反覆攻擊的對象，狼漸漸削減了他們的人數。他們面臨了一個抉擇：遷移到別處或獵殺狼群。他們明白後一個選項會貶低自己，讓他們變成自己不想成爲的那種人。所以他們遷移了。爲避免重蹈覆轍，他們決定以後所有的部落會議應該指定一個人來代表狼。他們會這樣問：「誰爲狼說話？」

當然，這是伊羅奎族版本的神話，假如有狼族的版本，我確定會相當不一樣。儘管如此，這裡面含有眞相。我會試著說明給你看，大體而言，我們每一個人擁有猿猴一般的靈魂。我不想耗費太多時間解釋「靈魂」這個詞。我提到靈魂，不一定是指當身體死去時，我們還能長生不朽的部分。靈魂可能眞是如此，但我很懷疑。或者，也許靈魂純粹就是心靈，而心靈純粹是頭腦。但是，我也懷疑這一點。我用這個詞是認爲，人類的靈魂顯露在我們訴說自己的故事當中，也就是那些說明我們爲何獨特的故事，那些儘管所有的證據都反對、但我們人類卻眞的讓自己相信的故事。我想要主張，這些故事是猿猴說的：故事的結構、主題、內容看得出來都跟猿猴有關。

在此，我用猿猴作爲隱喻，表示或多或少存在我們所有人身上的一種傾向。由這點來看，某些人比其他人更像猿猴。甚至，某些猿猴比其他猿猴更像猿猴。「猿猴」傾向於用工具主義（譯注）的術語來理解世界：一切事物的價値端看它能爲猿猴起什麼作用。猿猴總是將生命視爲這樣的過程：估量機率、計算可能性，並以對己有利的方式來運用計算結果。猿猴也總將世界當作大量的資源，全是爲達到目的所需要的東西。猿猴將這個原則應用在其他猿猴上，甚至有過之而無不及地，應用到其他自然領域。猿猴傾向於沒有朋友，只有同盟。猿猴不是看著自己的猿猴同伴，而是觀察牠們。牠始終在等待機會占優勢。對猿猴來說，要生存就是要等待攻擊。猿猴總將自己與其他猿猴的關係奠定在單一的原則上，自始至終不變：你能爲我做什麼？我需要花多大的代價才能讓你爲我做事？無可避免地，這種對其他猿猴的想法終將回歸到自己身上，影響並說明了猿猴對自己的看法。因此牠認爲自己的幸福是能測量、秤重、量化及計算的東西。牠也用同樣的方式來看待愛。猿猴往往認爲，生命中最重要的事情都能用成本效益分析。

我必須重申，這是用來描述一種人類傾向的隱喻。我們都認識這樣的人。我們在工作或玩樂中遇見他們；我們與他們坐在會議桌或餐桌上面對面。但這些人只是基本人類型態的誇大版。我想，我們多數人比自己了解的或願意承認的，更像這種人。但爲何我要把這種傾向描述成猿猴呢？人不是唯一一種能夠容忍、欣賞全部人類情感的猿猴。如我們將看到的，其他的猿猴能感覺到愛；牠們能感受到強烈的悲傷，甚至因而死去。牠們能擁有朋友，而不僅僅是同盟。這種傾向屬於猿猴，是因爲猿猴讓它成爲可能；更精確一點說，是發生在猿猴身上的某種認知發展促成了這種傾向，而就我們所知，沒有其他動物有同樣的認知發展。將世界和世上的東西全用成本效益的觀點來看，把人的生命和發生在人生中最重要的事情全認爲可以量化和計算，這種傾向都只是因爲猿猴才成立。而在所有猿猴中，這種傾向在我們人身上表現得最完整。但我們的靈魂仍有部分早在我們變成猿猴前——早在這種傾向能掌握住我們之前——就已經存在，並潛藏在我們描述自己的故事中。雖然隱藏著，但能發掘出來。

演化是逐漸累積而成。在演化中，沒有白板（沒有空白的畫板），它只能靠已有的東西逐漸成形，再也回不去原來的畫板。舉個常見的例子：比目魚古怪的相貌

譯注：工具主義（instrumentalism）：認為概念只是有用的工具，評估一個概念和命題，不是經由既定的真假類別，而是審查它們的有效性。

（牠們有隻眼睛基本上被搬到身體的另一面）就是演化壓力的證據，壓力讓牠專門躺在海底，也使得這種原先為了其他目的而生長的魚，眼睛從此改到側面，而不長在背面。同樣的，在人類的發展中，演化被迫利用已有的東西來運作。我們的頭腦實質上是歷史的構造：哺乳動物的腦皮質（腦皮質特別強壯是人類的特徵）是建立在原始邊緣系統（譯注）的基礎上，而且這邊緣系統與我們爬蟲類祖先的相同。

我不是在暗示我們所說的、相信的關於自己的故事是演化的產物，就像比目魚的眼睛或哺乳動物的大腦。但我的確認為故事是以類似的方法發展出來：透過逐漸累積形成的，新一層的講述重疊在舊的架構及主題上。我們講述自己的故事時沒有空白的板子。而我想證明的是，如果我們看得夠仔細，如果我們知道該在何處、該如何去看的話，那麼在猿猴訴說的每個故事當中，我們都能找到狼。狼在故事中的功能就是告訴我們，猿猴的價值觀是愚蠢無用的。牠告訴我們生命中最重要的東西從來就無關計算。牠提醒我們真正有價值的東西是無法量化或交易的。牠提醒我們，即使天塌下來，我們還是必須做對的事。

我想，我們所有人都比較像猿猴而不像狼。許多人幾乎已將狼徹底從生活的故事中刪去。但我們若允許狼消逝，就得自負後果。到最後，猿猴的詭計終將成空；

猿猴的聰明將會背叛你，運氣將會用盡。到時，你就會發現生命中最重要的是什麼。它不是你的詭計、聰明、運氣帶給你的東西，而是詭計、聰明、運氣捨棄你時留下來的東西。你擁有許多特質。但最重要的你，不是那個懂得要詭計的你，而是詭計失敗後所殘留的你。最重要的你，不是那個喜歡要詐的你，而是狡猾奸詐拋棄你、任你自生自滅時，被遺留在後頭的你。最重要的你，不是那個依賴運氣的你，而是運氣用盡後留下來的你。到末了，猿猴總是會辜負你。你可以問自己一個最重要的問題：當這樣的結局發生時，留下的會是什麼？

我花了很長一段時間，才了解自己爲什麼如此深愛布列寧，並且在他離去後如此痛苦地想念他。他教了我一些我長期所受的正式教育無法教的東西：在我靈魂中一個古老的小角落，仍然住著狼。

有時候，我們必須讓心中的狼說話，要喋喋不休的猿猴安靜下來。這本書是我嘗試用唯一會的方式來爲狼說話。

譯注：邊緣系統（limbic system）：只包含海馬體及杏仁體在內，支援多種功能例如情緒、行為及長期記憶的大腦結構。

3

「我唯一會的方式」結果跟我計畫的差距相當大。這本書花了我很多年時間，十五年的光陰中，有大半日子都在努力寫著。這是因爲裡面的想法讓我思考了很久，有時候，腦子轉得很緩慢。書的內容來自我與一匹狼的生活，但我想，我仍確實地感覺到連我自己也不甚明白這本書究竟算什麼。

一方面，這是本自傳。裡面描述的所有事件確實發生過，發生在我身上。但同時從許多方面來說，它不是自傳；至少不是好的自傳。假如書中有明星，一定不會是我。我只是個無足輕重的臨時演員，在背後裝模作樣地走來走去。好的自傳通常有豐富的人物角色。但在本書，其他的人物僅是藉著缺席而出現；或許你會發現一些我生命中其他人的幻影，但僅此而已。爲了保護這些幻影的隱私，因爲我不知道他們是否熱切地想露面，所以我改了他們的名字。又因爲我也想保護其他東西，所以對地點或時間等細節含糊其詞。好的自傳是詳盡而無所不包的，然而本書的細節稀少，記憶是選擇性的。我寫作的動力來自我與布列寧的生活中所學到的東西，我用它們來安排本書的架構。爲了達到這個目的，我大多聚焦於布列寧和我自己的生活中跟我要闡述的想法息息相關的事件上。其他的小插曲（有些還挺重要）會被忽略，很快也會隨著時間被遺忘。若特定的事件、人物或年代的細節有可能淹沒我想要闡述的想法，我會毫不留情地割捨。

如果這結果沒有成爲我的故事，那它也不會眞的變成布列寧的故事。當然，這本書是根據我們一起生活時那些形形色色的事件所寫成。但在當下，我很少試著去了解他心裡在想什麼；儘管跟他住在一起超過十年，但除了最簡單的事例外，我不確定我有能力下這種判斷。不過，許多我描述的事件，還有透過這些事件所討論的議題，確實是不簡單的。我深信在這本書中，布列寧可視爲一個會沉思的實體。他同時也以相當不同的方式出現，也就是作爲我的某一面的象徵或隱喻，只是這一面或許已不存在了。因此我發現自己有時會陷入隱喻的寫法，談論狼「知道」的事情。倘若有人認爲我是利用經驗來推測布列寧心中的眞實想法，那麼我寫出的東西顯然就成了可笑的擬人化。不過我保證，我的原意並非去推測。同樣的，當我談到從布列寧那裡學到的課程時，那是發自內心的，基本上無關認知。那些課程並非因研究布列寧而習得，而是來自我們一同走過的人生道路。有許多課程，一直到他走後我才明白。

這也不是一本哲學書，至少在我受過的專業訓練以及我的學院同僚贊成的狹隘定義下並不是。我在書裡提出了一些論點，但從一開始的假設到最後的結論，進展並不順暢。生命太棘手，不容易提出假設和做結論。所以，我很訝異這本書的討論中出現了不斷重複的特質：有些我想要在某一章中處理完的議題，稍後卻能以全新、突變的方式一次又一次出現。這似乎是研究的本質所造成的結果。生命不大允許自己被應付了事。

驅策這本書的想法是那些我曾想過、但嚴格而言並不專屬於我的概念。我這麼說不是因爲那些想法是別人的，雖然你可以清楚看到它們受了偉大思想家的影響，如尼采、海德格、卡謬、昆德拉和晚近的理查・泰勒；而是因爲（我必須再次藉隱喻來說明）某些想法只能出現在狼與人之間的空間中。

我和布列寧共同生活的早期，經常利用週末到阿拉巴馬州東北角的小河峽谷紮營（那是違法的）。我們在那裡一起發抖、對著月亮嗥叫。峽谷又窄又深，陽光只能勉強穿過濃密的德魯伊橡樹和樺樹林間。一旦太陽超越峽谷的西邊，陰影就彷彿凝結成一團固體。沿著荒廢的小徑輕鬆漫步約一個小時後，我們會走進空地。假如時間算得剛好，會看到太陽正在吻別峽谷的邊緣，金色的光線閃耀在開放的空地上。於是，過去一小時大半藏在幽暗中的樹木，會在成熟、壯麗的光輝中脫穎而出。空地是讓樹木擺脫陰暗、進入光明的地方。而構成這本書的想法出現在已不存在的空間；沒有那空間，它將不可能出現，至少對我來說不可能。

狼已不在，因此空間也不在了。當我重讀自己寫下的文字，我很驚訝裡面包含的想法竟是如此奇特。我也很驚訝自己居然能想出它們，那眞是不可思議。它們不是我的思考，因爲，就算我相信並認爲它們是眞實的，我也無法重新想出來一次。它們是來自空地的思考。這些思考存在於一匹狼與一個人之間的空間裡。

第二章
狼兄弟

既然這是我的第一匹狼，我決定審愼一點，別逞匹夫之勇。因此，我從一窩中選了第二大隻的幼狼。他是棕色的，毛色讓我想到小獅子，我把他取名爲布列寧：威爾斯語的國王。

1

布列寧從不躺在吉普車後面。他總是喜歡看著來到眼前的事物。許多年以前，有一次我們從阿拉巴馬州的土斯卡路沙一路行駛到邁阿密，大約八百哩，再行駛回來。他整路上都站著：他碩大的身軀遮去大半的太陽及後頭所有的車流。但是這一回，在前往貝濟耶（譯注）短短的路程中，他沒有站著；而且是無法站著。於是我才了解他要走了。我正載他到他將死去的地方。我告訴自己，如果他站起來，哪怕只有一小段路，我都要再給他一天，再一個二十四小時，等待奇蹟發生。但現在我知道一切結束了。陪我過了十一年的朋友就要離去，而我不知道被他拋下的我將變成什麼樣的人。

法國昏暗的隆冬與阿拉巴馬明亮的傍晚差距好大。十年多前的五月初，我第一次帶著六週大的布列寧進入我在阿拉巴馬的家，走進我的世界。他一進門不到兩分

譯注：位於法國南部，作者後來曾短暫住過南法郎格多克，布列寧在那裡度過生命最後一年。就醫的獸醫診所就在附近的貝濟耶市。

鐘（我絕對沒有誇大其詞），就把客廳裡的窗簾（兩組！）從橫桿扯落到地上。下一分鐘，當我還在努力把窗簾掛回去時，他已自行找到路跑去外面的花園，鑽到屋子下面。屋子後頭被架高離地，你可以從嵌在磚牆上的門進入底下的區域。我顯然沒把門關上。

他想辦法鑽到屋子底下，開始有條不紊、小心翼翼但十分迅速地，扯下每一條包了套子的柔軟管線，這些管子是要將冷氣機的冷空氣引到地板上的各個送風孔。這是布列寧對新鮮、陌生事物的標準態度。他喜歡看著眼前有什麼事物到來。他會去探索、去擁抱，然後去摧毀。我剛擁有他一個小時，他就花了我一千塊：五百塊是買他，另外五百塊是冷氣機的修理費。在當時，這金額將近我年收入的二十分之一。在日後我們相處的歲月中，這樣的行爲模式經常以相當創新與有想像力的方式不斷重演。擁有狼的代價並不便宜。

所以，如果你考慮養一匹狼，或者狼狗的混種，我要對你說的第一句事就是：千萬不要！千萬別去養，連想都不要想。牠們不是狗。但假如你很愚蠢地堅持要養，我告訴你，你的生活將從此改變。

2

我第一份工作是在阿拉巴馬大學哲學系當了幾年的助理教授，學校位於名叫土斯卡路沙的城市。「土斯卡路沙」在印第安巧克陶族語裡是指「黑武士」，廣闊的黑沃里爾河（黑武士河）就流經這座城。土斯卡路沙最出名的是大學的美式足球隊「紅潮」，當地人狂熱地擁戴這支隊伍；雖然他們對唯一的宗教信仰也很熱中，但仍不及對足球的喜好。我合理地認爲，比起足球或宗教，他們更不相信哲學。誰能責怪他們呢？畢竟在那兒生活是很美好的；我在土斯卡路沙度過太多愉快的時光。不過我因爲跟狗一起長大（多爲大丹狗之類的大狗），仍然很想念牠們。因此，某天下午，我發現自己開始在翻閱《土斯卡路沙時報》的徵求廣告欄。

在美國不長的歷史中，大多時間厲行一項政策：有計畫地根除狼，透過槍殺、下毒、設陷阱等一切必要手段。結果，美國本土的相鄰四十八州內，現在已完全沒有不受拘禁的野狼。這項政策後來終於廢除，狼的生機才開始在懷俄明州、蒙大拿州和明尼蘇達州的部分地區死灰復燃。狼也開始出現在五大湖區的一些島上，其中最著名的是密西根湖北岸的羅伊爾島，這主要是因爲生物學家大衛・梅科在那裡進行一些創新的狼研究。最近，政府不顧農場經營者的激烈反對聲浪，甚至將狼重新引進美國最出名的自然公園：黃石。

然而，狼族的復甦還沒到達阿拉巴馬或整個南方。那裡有許多土狼；在路易斯安那州和德州東部的沼澤地，也有爲數不多的紅狼，不過沒有人能確知牠們的屬性，牠們很可能是歷代的狼與土狼雜交的結果。在南方各州，林狼（有時被錯稱爲灰狼，其實牠們的毛色也可能是黑色、白色或棕色）已是遙遠的記憶。

因此，當那則廣告吸引了我的目光時，我有點嚇一跳：幼狼待售，百分之九十六（譯注）。我迅速打了通電話，就跳上車前往伯明罕（朝東北方大概一個小時的車程），心裡不大確定自己看到的會是什麼。就這樣，過一會兒後，我和我曾聽過、卻不曾看過的最大隻的狼站在一起，你瞪著我，我瞪著你。主人帶我繞到房子後面，看看養動物的畜舍欄圈。狼爸爸（他的名字是育空）一聽見我們的腳步，就跳到畜舍的門上，所以我們走到時，看到他彷彿憑空出現。

他很巨大、雄偉，站著比我還高一點。我必須仰頭才能看清他的臉，和他奇特的黃色眼睛。而我永遠會記得的是他的腳。人們不了解——無疑地，像我就不清楚——狼的腳究竟有多大，可比狗的腳大上許多。育空的腳宣告了他的到來：那是他跳上來趴在畜舍的門上時，我看到的第一樣事物。它們懸在門上，比我的拳頭大得多，像覆著毛皮的棒球手套。

人們時常問我一件事——不是問育空的腳，因爲剛剛寫的那段遭遇是我第一次透露——是一般關於養狼的事：你從來不害怕他嗎？答案是：當然不。我自認這是因爲我非常勇敢，但這個假說明顯違背了許多證據。比方說，我還沒踏上飛機就需要喝幾杯烈酒來鎮定心情。所以很不幸地，我不認爲我身上具備任何勇氣的屬性。但我在狗身邊非常自在。這多半與我的教養有關：我是個有點不正常家庭下的不正常產物。幸好就我所知，這種不正常只限於我們與狗的互動。

我小的時候，大概兩三歲時，我們常跟家裡的拉不拉多犬「靴子」玩一種遊戲。他會躺下，我則坐到他背上，抓住他的項圈，然後我父親會喊他；不到一秒鐘，年輕的靴子就會站起來奔跑，快如閃電。而我的任務，也是本遊戲的目標，就是緊抓住他的項圈，騎在他的背上。我從沒辦法做到。那感覺彷彿我是餐具，而有人從我底下把桌布抽走。有的時候，狗魔術師的技法精準，將我留在原地坐著，就

譯注：指狼與狗混血的比例。

在靴子前一刻躺著的位子上，而我還看不清發生什麼事。也有些時候，靴子有點兒搞砸了，就會讓我四腳朝天摔到地上。但這畢竟是遊戲，任何疼痛都算不上什麼大事；我會高興地從草地上跳起來，請求父親再給一次機會讓我玩。要是今天你這麼做的話，大概無法輕易脫身，因爲我們的文化長期反對冒險，神經兮兮地擔心孩童有可能骨折。有人或許會打電話給兒福機構，或者動物協會，更有可能兩邊都聯絡。但我知道，當有一天父親告訴我，我已經長得太大、太重，不能再跟靴子玩這個遊戲時，我的心中充滿了怨恨。

回想起這些事，我發現，一牽涉到狗，我的家人包括我在內，就不大正常。我們時常從動物收容中心帶回大丹狗。有時候牠們是可愛的動物；有些時候，牠們卻絕對患有精神病。藍是一條大丹狗，名字很無趣，是依他的毛色取的（命名的人不是我們）。他就是極佳的案例。我的雙親救回藍時，他大概三歲左右。他淪落到動物收容中心的理由很容易了解。藍有個癖好：喜歡胡亂、任意地咬人和其他動物。其實，那樣說是不公平的：他完全不是隨便或毫無差別地亂咬。他只是有許多，這麼說吧，自己的習性。其中之一是他在房間時，不允許同樣在裡面的人離開。你絕對承受不起自己一個人和藍在同一個房間。如果你要出去，永遠需要有別人引開他的注意力；當然，假如後者想要離開房間，同樣又需要另外的人來分散藍的注意力。因此，藍偉大的生命之輪轉動了。你離開房間前若無法適當引開他的話，結果就是在臀部留下終身的疤痕。只要問我弟喬恩就知道了。

我家人的異常處，在於樂意接受藍的自身習性，而沒有跟任何正常家庭一般，送他一張到獸醫院的單程車票。甚至，我家人還把藍的個性中那令人十分困擾的一面，當作龐大歡樂的來源，將它變成一個很有樂趣的遊戲。的確，大多數人會認爲藍是累犯，會威脅到人的腿，還可能危及生命；從各方面考量，這世界沒有他可能會更好。但我家人喜愛這個遊戲。我想他們每個人身上都有藍的自身習性所留下的疤痕，而且不只是在臀部：藍還有別的習性。只有我逃過了疤痕之劫，那是因爲他出現的時候，我剛好離家去上大學。然而，我家人並不會因爲這些疤痕而互相同情或關懷，反而常趁機彼此戲弄或揶揄一番。

當然，瘋狂是我們全家人都有的特質，我不該期待能躲過。幾年前我住在法國一個村莊裡，每天跟隔壁的阿根廷獵豹犬玩一種遊戲。這是一種強壯的白色大型犬，宛如特大號的比特鬥牛犬，在英國因爲危險狗法案（譯注）而被禁止飼養。當她還是隻小狗時，每次看到我，就會興奮地衝向花園的籬笆，跳上來要我拍拍她。

等長大些，她仍持續這樣的行爲。直到生命中的某一時刻，她顯然考慮了所有事情以後，決定咬我可能也是個好主意。幸運的是，獵豹犬雖然大而強壯，但動作並不快，也不是特別聰明。當她在仔細考慮咬我的機會及後果時，我幾乎看得出來她的腦筋在轉。於是我們每天玩著同樣的遊戲。我走過去，她跳上籬笆，我拍拍她的頭，她享受幾秒鐘的拍打，一邊用鼻子嗅我的手，一邊快樂地搖著尾巴；但突然間她的身體變僵硬，嘴巴噘起來。然後她會猛然咬向我。平心而論，我認爲她並沒有很認眞。她有點喜歡我，但因爲那些與我在一起的同伴，讓她覺得有義務要咬我一下（我們之後會看到，她有很好的理由討厭我的伙伴，尤其是某一位）。我會迅速地及時挪開手，讓她的嘴只咬到了空氣，接著我對她說 **à plus tard**（待會兒見），祝她明天運氣會好一點。我不願意去想自己是在作弄她。這只是一場遊戲。而且我也很好奇，想看看究竟要多久時間她才會停止咬我。但她從來沒有停止。

不管怎樣，我從來不怕狗。而這點自然地移轉到狼身上。我向育空打招呼的方式，就像對一隻陌生的大丹狗，放鬆而親切，但仍然遵守標準的禮節。結果育空一點也不像藍，甚至也不像我的獵豹犬朋友。他是頭好脾氣的狼，自信而友善。當然了，即使跟最好的動物也可能產生誤解。狗咬人最典型的理由是牠們看不到你的手，我懷疑類似的情況在狼身上也說得通。人們常伸手去拍狗的頭頂或頸部後方，狗卻因爲看不見人的手而變得緊張不安，懷疑可能會被攻擊，於是就張口咬人。這是因爲恐懼而咬，是最常見的一種。所以我讓育空聞聞我的手，撫弄他的脖子前面和胸口，直到他習慣我。我們一見如故。

布列寧的媽媽夕卡（我想是根據某種雲杉的異種而命名的），和育空一樣高，但四肢瘦多了，一點也不魁梧。她看起來更像狼，至少像我看過的所有狼的照片，又長又瘦。狼有許多亞種，而夕卡據說是阿拉斯加苔原狼。至於育空，他是麥肯西山谷狼，來自加拿大西北部。牠們不同的身體特徵，反映出各自屬於不同的亞種。

夕卡全副精神都在她腳邊跑來跑去的六隻小熊，所以沒太理會我。小熊是我能想到的最佳形容詞：圓滾滾、軟綿綿、毛茸茸，沒有尖銳的稜角。有些是灰的，有些是棕的，三隻公的，三隻母的。我原本只是想來看看幼狼，然後回家仔細、冷靜地想想自己是否準備好承擔養狼的責任之類的事。然而，一看到幼狼，我就知道自

譯注：危險狗法案（Dangerous Dogs Act）：一九九一年英國立法限制飼養對人、尤其是對小孩有可能造成傷害的危險狗。

己會帶一隻回家，而且就是今天。事實上，我根本來不及掏出支票簿。當飼主說他們不收支票時，我迫不及待地飛車到最近的提款機去領現金。

挑選幼狼比我想像的容易。首先，我想要一隻公的。這裡有三隻，最大的一隻公狼是灰色的，我看得出來他將來會跟他父親長得一模一樣。我對狗十分了解，所以知道他會有很多問題：完全無懼、精力充沛，管著他的兄弟姊妹，注定是領頭的雄性，掌控實權。我眼前閃過藍的影像。既然這是我的第一匹狼，我決定審慎一點，別逞匹夫之勇。因此，我從一窩中選了第二大隻的幼狼。他是棕色的，毛色讓我想到小獅子，我把他取名爲布列寧：威爾斯語的國王。如果他知道自己是依貓來命名的話，無疑會感到屈辱吧。

無論從哪方面來看，他都確實不像貓，而比較像你在探索頻道上看到的小灰熊，跟著母親在阿拉斯加的丹奈利國家公園到處走動。此時六個星期大的他，棕色的毛上夾雜黑色的斑點，而從尾巴尖端一直到鼻子底下的整個下腹部都是奶油色。如同幼熊一般，他的體格粗大：大頭、大腳，以及骨骼大的腿部。眼睛是非常深的黃色，近似蜂蜜；這顏色後來不曾改變過。我不會說他友善，至少不像幼犬那樣的友善。不論你怎麼想，他絕不是熱情、奔放或急於討好的。相反的，疑心是他顯著的行為特徵，而這點後來對任何人同樣不曾改變，除了對我之外。

奇怪的是，我記得所有布列寧、育空與夕卡的事情。我記得把布列寧抱到面前，注視著他黃色的狼眼。也記得他摸起來的感覺，稚嫩柔軟的毛在我抱他的兩手間。我仍然能清楚想起育空用後腿站著，向下瞪著我，大腳攀在畜舍的門上。依然能想起布列寧的兄弟姊妹在欄圈裡跑來跑去，彼此絆倒又高興地跳起來。但把布列寧賣給我的那個人，我幾乎全不記得。有件事情已然發生，而它隨著時間一年一年流逝，會變得越來越明顯。我已經開始忽略人類了。當你養了狼，牠們會接管你的生活，那方式是一般狗很少做到的。對你來說，人類同伴變得越來越不重要。我記得布列寧和他的父母、兄弟姊妹的所有細節，包括他們長的樣子、摸起來的感覺、做了什麼事、發出什麼聲音。甚至記得他們的氣味。這些細節，栩栩如生、錯綜複雜、燦爛鮮明地，至今仍清晰印在我心中，一如當年。但擁有他們的那個人，我只記得大略，記得概要。我記得他的故事，至少我自認記得，但不記得這個人。

他帶著一對育種的狼，從阿拉斯加搬下來。然而，購買、販賣或擁有純種的狼是違法的，我不確定是州法或聯邦法。你可以購買、販賣或擁有狼與狗的混種，法律許可的混血最高比例是百分之九十六。而他向我保證，他們實際上是狼，不是狼與狗的混種。既然幾個小時前我沒想過會養一頭狼狗，此刻我也不十分在乎這點。我付給他從提款機領出的五百塊錢，幾乎清光了我的銀行帳戶，就在當天下午帶著布列寧回家。從那兒開始研討解決我們的夥伴關係。

3

經過最初十五分鐘左右的破壞性衝撞後，布列寧顯得意志消沉，躲到我的書桌底下，不肯出來也不肯吃東西。這樣的情形持續了好幾天。我想他是因爲失去兄弟姊妹而一蹶不振。我爲他難過，也覺得非常歉疚。我希望自己能替他買隻哥哥或妹妹來陪伴，但就是沒有錢。不過，一兩天之後，他的心情就好了起來。而當他的心情一好轉，我們相互調適的第一條規則就變得很清楚；事實上，是非常清楚。這條規則就是，不論在什麼情況下，布列寧都絕對、絕對不能獨自留在屋子裡。沒有遵守這項規則的話，屋子及屋內的東西都會有悲慘的後果。窗簾和冷氣機管線的命運只是小小的警告，預示他眞正的破壞能力。這些後果包括所有家具及地毯全毀，後者還有弄髒的選項可以選。我因此知道，狼非常、非常快就覺得無聊，放任牠們自行其事的話，三十秒就算很長的時間了。布列寧一無聊就會咬東西，或在上面撒尿，要不然就是咬東西然後在上面撒尿。只有極少次他先撒尿再咬，但我認爲那只是因爲太過興奮，所以他忘記自己進行到哪一道程序。反正結論就是無論我去哪裡，布列寧都必須跟著去。

當然，若這條「無論你去哪，我也要去」規則中的「我」是匹狼時，它一定排除了多數賺錢的工作種類。那正是你千萬別養狼的眾多原因之一。然而，我很幸運。首先，我是大學教授，其實不太需要常去上班。更好的是，布列寧來我家時，正值大學放三個月長的暑假空檔，所以我根本不用去上班。那讓我有充分的時間認清布列寧的破壞胃口是無止境的，並爲將來他必然要跟我去上班的旅程預做準備。

有些人說你沒辦法訓練狼。實際上，完全錯了。你幾乎能訓練任何東西，只要找到對的方法；找對方法才是困難之處。訓練狼有很多錯誤的方法，而就我所知，正確的方法只有一個。它對狗也一樣適用。或許人們最常有的錯誤觀念是，訓練與自尊心有關。他們把訓練想成是一場意志的戰爭，必須逼迫狗兒順從。確實，當我們說到某人「被迫屈服」，心裡想的就是這回事。這個觀念的錯誤在於，將訓練看得太針對個人。狗只要有點不情願，主人就認爲是對自己的輕蔑，是對他們男子氣概的侮辱（男人通常就是如此看待馴狗這件事）。所以，狗的脾氣當然會變壞。馴狗的第一守則是（必須是），訓練不牽扯到個人。訓練不是意志的戰爭，如果你硬要那樣想的話，將會造成悲慘的錯誤。假如你想以這種方式訓練好鬥的大狗，十之八九，牠長大後一點也不和善。

相反的錯誤是，有人認爲可以不藉著控制，而是透過獎賞來得到狗的順從。獎賞有各式各樣。有些人過分塞獎勵的食物到狗的嘴裡，即使牠們只達成最簡單的任務，如此一來最明顯的結果是，肥胖的狗兒拒絕聽從主人，只要牠懷疑沒有獎勵的食物，或有別的東西分散牠的注意力，例如一隻貓、別隻狗、慢跑者等等，那些牠認爲比獎勵的食物更有趣的東西。而許多主人更常給的「獎賞」是無意義的嘮叨，他們堅持在狗的耳邊絮絮念著：「好孩子」、「你眞是聰明的孩子，對不對呀？」、「這邊哦」、「跟上來唷」、「你眞是聰明的狗狗」……諸如此類。而且他們還會邊念邊輕輕拉扯牽狗繩，以爲這樣有助於加強傳達他們的訊息。其實，這正是無法馴服狗的方法，用在狼身上更是一丁點機會都沒有。如果你不停地對狗說話，或漫不經心拉動牽狗繩，牠並不需要注意你。事實上，牠絲毫沒有理由要留心你在做什麼。牠高興做什麼就做，因爲確信你會讓牠知道發生什麼事，而牠大可根據這項訊息，選擇要繼續行動或不予理會。

認為狗的順從能夠買得到的人，通常也認為狗基本上想做「主人」所要求的事（牠總是想討好主人），因此只需要向狗解釋主人要的究竟是什麼就行了。我太常聽到這種論調了，它當然是胡說八道。你的狗不會想要服從你，正如你不會想要服從別人。牠為什麼應該服從呢？訓練狗的關鍵在於讓牠認為，牠別無選擇。這不是因為牠被迫覺得是意志戰爭的失敗者，而是因為你在訓練中表現出的一貫冷靜、堅持的態度。採用意志戰爭的人對狼說：你要照我說的做，我不會給你選擇。但訓練狼的正確態度是：你要視情況去做，而目前的情況並不提供其他選項。你不是在回應我，而是在回應這個世界。這對狼來說可能僅是微不足道的安慰，但確實能幫助訓練者處於恰當的地位。訓練者不是當個統治、專斷的權威，狼無論如何都得順從他的意志；他應當是個教育者，使狼能夠了解這世界需要牠做什麼。而在所有馴狗的方法中，柯勒的方法將這種正確的態度提升到了藝術境界。

當我還是小孩子，大約六、七歲的時候，常跟朋友去看週六的早場電影。媽媽會給我十便士，然後我們走上幾哩進城，花五便士進電影院，三又二分之一便士買一罐「麥可樂」。麥可樂當然不是麥當勞賣的，那時麥當勞還沒抵達威爾斯；它是魚販連鎖店「麥魚樂」賣的。那些日子看的電影中我只記得一部，而且只是其中一幕。那是《海角一樂園》，片裡有兩隻大丹狗斷然拒絕一隻老虎不怎麼受歡迎的友好表示。這一幕是馴獸師威廉．柯勒的傑作，它顯然令我留下深刻的印象，因爲我正是跟大丹狗一起成長的。六歲的我絕對不會相信（但肯定會很高興），二十年後我會運用柯勒的方法來訓練狼。

這事情發生在一次偶然的巧合，我的生活經常被這些巧合無意地打亂。幾個月前，我在阿拉巴馬大學圖書館中偶然發現一本書：薇琪．赫恩的《亞當的任務》。赫恩是專業的馴獸師，她結合了她的職業與對哲學的業餘興趣，和她一樣的人並不多見。她當馴獸師確實優於當哲學家；她的哲學似乎大部分源自奧地利哲學家維根斯坦所發展出來的語言哲學，只不過是略微混亂的版本。雖然如此，我發現她的書有趣且能引發聯想。即使她的語言哲學有點混亂，但有一點她毫不含糊，那就是威廉．柯勒是四海之內最棒的馴狗師。因此，當布列寧一出現，我很清楚該向哪裡求助：沒有別的話，就讓我們哲學家團結起來規範牠吧。

我私下認爲，柯勒有點精神異常。他的某些訓練方式有些過分，我個人沒興趣跟進。比方說，假如你的狗不斷在花園裡挖洞，柯勒的指示是，把洞灌滿水再將狗的頭按進去。然後他說，要連續五天這樣做！不管狗有沒有再挖洞。他的目的是要引起狗對洞反感。這個方法是根據可靠的行爲主義的理論，幾乎是一定有效的。據推測在阿布格萊布（譯注一），美國軍方就是用這種方法來拷問叛亂分子，和一些倒楣的旁觀者身上。（我在柯勒的書中沒有發現任何提及對狗施以水刑的資料，但我猜他應該會贊成。）

柯勒的忠告在布列寧挖洞的階段應該會很有用。這個「階段」維持了將近四年，在這段期間，我的花園（實際上，牽連了不只一個花園）被改造得像索姆河戰場（譯注二）。但我從不忍心用這個方法；我喜歡布列寧，遠遠超過我的花園。反正一陣子之後，戰場壕溝般的花園景觀對我來說還頗有魅力的。

不過如果撇開那過分的訓練方式，你會發現柯勒的方法是根據一種非常簡單、有效的原理：你必須讓你的狗或狼注意看你。訓練布列寧的祕訣就是，冷靜且不屈不撓地讓他必須注意我。我永遠感激柯勒說對了這點。讓動物看著你在做什麼，因

譯注一：阿布格萊布（Abu Ghraib）：伊拉克監獄，在此發生過美軍虐待伊拉克囚犯的事件。

譯注二：索姆河戰役：第一次世界大戰中最大、最慘烈的會戰，德軍在索姆河畔挖了數道壕溝來阻擋英法聯軍的進攻。

而從你這兒得到指示，是任何訓練體系的基石，無論這動物是狼或狗。這點在訓練狼時尤其重要，但要讓狼做到也比較困難。狗會很自然地照做，但狼必須被說服才會去做。原因可以從兩者不同的歷史中找出來。

4

過去幾十年來，有好幾項研究都在探討狗或狼哪個比較聰明。在我看來，這些研究全都趨於單一的答案：兩者皆非。狼和狗的才智不同，因爲牠們的才智是不同環境塑造出來的，是針對不同的需要、要求而做出的反應。一般來說是這樣：在解決問題的任務上，狼的表現比狗好；而在訓練的任務上，狗的表現優於狼。

解決問題的任務需要動物運用「從手段到目的」的推理。例如，密西根大學福林特分校有位心理學教授哈利．法蘭克，他記載了他養的一匹狼如何學會打開門，從狼舍跑到外頭的院子裡。要開門，首先必須將門把往門的方向推，再轉動門把。法蘭克寫說，有一隻愛斯基摩犬住在同一個地方，每天看人們開門好幾回，看了六年，從來沒學會。另一隻愛斯基摩犬與狼的混種犬，兩個星期後就知道怎麼開門。

但狼只看了這隻混種犬做過一次，就學會了開門，而且用的是不同的技巧：混種犬是用口鼻，狼則是用腳爪。這似乎顯示出那隻狼了解問題的本質，知道該做什麼來解決問題，而不僅僅是模仿別種動物的行爲。

接連的測試結果都證明了，狼的「從手段到目的」的推理表現比狗優秀。不過，狗在需要指示或訓練的測試中卻比狼好。例如在某一項測試，狼與狗接到命令，只要燈一閃就要右轉，狗能夠訓練到照著做，但狼顯然做不到，起碼在測試過程中沒有辦法。

在上述第一個例子中，待解決的問題是機械性的。狼渴望達成的目的是出去到院子，而唯一可行的方法是：用恰當的方式和順序來操作門把。但在訓練的測試中，閃燈和右轉之間沒有機械性的關連。爲什麼要右轉而不是左轉呢？究竟爲什麼要轉彎呢？閃燈與後續指定行爲的關係是毫無道理的。

我們很容易看得出來，爲何狼與狗有這種區別。狼居住在機械性的世界裡。假設有棵樹倒在大圓石上勉強平衡、搖搖欲墜，那麼狼會明白，走到那底下是個壞主意。原因是，在過去，無法看出危險的狼遠比能夠洞察危機的狼更可能被落下的物體壓到。因此，無法了解樹木、石頭及潛在危險三者關係的狼，比那些能夠了解的狼，更不可能將基因傳承下去。這樣的環境讓狼選擇了機械性的才智。

再來看看狗的世界。對狗來說，牠住的地方比較像是魔法的世界，而不是機械性的世界。我出差時，會打電話回家和太太艾瑪說話，我們的狗「妮娜」是德國牧羊犬與愛斯基摩犬的混血，她一聽到我的聲音就非常興奮，開始邊吠邊跳。如果艾瑪把電話伸出去，妮娜就會熱情地舔著話筒。狗很習慣魔法。誰能夠想到，每當有人把桌上那形狀好笑的東西拿起來時，這個人類雄性首領的聲音會從不知何處冒出來呢？還有，誰會想到輕拍牆上的開關就能將黑暗變成光亮？狗的世界不合機械的邏輯；即使符合邏輯，控制的方法也在狗的能力範圍之外。狗不會碰電燈的開關，不會撥電話號碼，更不會將鑰匙插進鑰匙孔。

我想我該克制一些，別一直談這個主題，否則你很可能要聽我上一堂關於具體認知（譯注）與嵌入認知的講課。在我的職業生涯中，最爲人所知的大概是，我是下面這項理論的創始人之一：心靈體現於周遭世界並嵌入這個世界。心理活動不只發生在我們的腦袋裡，不只是腦部的運作，也與我們在世上從事的活動有關，尤其是對環境結構的操縱、改造及利用。我目前已全力在教授這堂課。這個看法的先驅是前蘇聯心理學家雷夫·維高斯基，他和同僚安東·盧里亞證明了記憶及其他心理活動的運作，如何隨著外在的資訊儲存機制的發展而改變。當我們越來越依賴書寫的語言以儲存記憶，原始文化傑出的天生記憶力就會逐漸萎縮。在演化的時間表上，書寫語言的發展是非常晚近的現象，但它對於記憶及其他心理活動的影響卻很深遠。

我就長話短說吧：狗嵌入的環境與狼截然不同，因此牠們的心理運作與能力會以非常不同的方式發展。尤其狗已經被迫依賴我們很久，更發展出一種能力：利用我們來解決牠的各種問題，包括認知問題。對狗來說，人是有用的資訊處理機制；我們人類是狗心靈延伸的一部分。當狗面臨牠無法解決的機械性問題時，會怎麼做？牠會謀取我們的幫助。我在寫這個句子時，手邊正好有個簡單但生動的例子。妮娜想要到外面的花園，她不會自己開門，於是站在門邊注視著我。假如我沒看到她，她會小小吠兩聲。眞是聰明的女孩。狼的環境選擇了用機械性的才智；狗的環境則選擇了利用我們的能力，而爲了要利用我們，牠們必須能解讀我們。當一隻聰

譯注：具體認知（Embodied Cognition）：認為我們天生以身體與世界互動的方式，來思考認識這個世界，強調環境在認知發展的過程中扮演重要的角色。

明的狗面臨無法解決的問題時，牠做的第一件事就是注視主人的臉。適應了魔法世界的文化後，狗自然而然會這麼做。但狼不會。所以訓練狼的關鍵就是要讓牠這麼做。

5

當然，這全是事後之明，我那時完全不曉得。我出版第一本這方面的書時，布列寧已經老了。而我至今仍在修整這套看法。有趣的是，我在多年後才發展出的這項理論，竟然讓我了解爲何自己選擇訓練狼的方法會如此有效。我不禁認爲，訓練狼的過程應該已經在不知不覺中讓我以正確的方法思考，日後才能發展成認知理論。果眞如此，那又是一次我前面提過的偶然的巧合了。

我那時是照著柯勒的做法，展開了布列寧的訓練。我拿來一條十五呎長的繩子，把它改成牽繩。我們會走出去到後面的大花園，我在那裡豎立三根很明顯的標竿：釘在地上的長木樁。我把牽繩繫在布列寧脖子上的能抽緊的項圈。別聽別人告訴你這種項圈很殘忍：要有效地訓練狗，它是不可或缺的，因爲它能確切地傳達給狗知道，牠需要做什麼。一般項圈送達的訊息太不精確，因此訓練起來需要花費更長的時間。我會從一個標竿走到下一個，時間由我選擇，標竿則隨機選取。我做這個動作不帶感情，不看著布列寧，甚至不承認他的存在。

成功又聰明的訓練計畫有個要素是，主人永遠要站在狗的立場想。諷刺的是，有些哲學家仍質疑動物是否有心靈，懷疑牠們是否能思考、信服、推理，甚至感覺。這令我覺得十分好笑。他們改天應該試試不要埋頭讀書，去訓練一隻狗。馴狗計畫總是會丟給你一些意想不到的東西。你的狗不會做牠該做的事；而你無法在書中找到答案，甚至在柯勒考慮周到、無所不包的書裡也沒有答案。這時你唯一的辦法只有嘗試，並且像你的狗一樣思考。如果你這麼做，就能經常想出該做什麼事。

站在布列寧的立場想想看：他朝一個方向衝出去，前頭有十五呎繩子的長度可以讓他好好振奮一下，但隨即便得急速停下來。如果他朝某個方向衝，而我卻走向另一邊，這個急停的效果會更顯著。很快地，他就想通了：如果要避免這種不愉快，就必須觀察我要往哪裡走。一開始，他想辦法從牽繩的極限那一端觀察；但這樣的話，他難以防範我突然轉身離開（而我確實會這麼做）。所以他走近我，試著走在我前面一點點，但也不會太遠，回頭還是能從眼角瞄到我在做什麼。這顯然是十分典型的反應。我為了糾正這點，突然轉向他，冷淡地（但並非凶狠地）用膝蓋頂他的肋骨。之後他就開始走到我旁邊。眞是聰明的孩子！但我又做出修正，猛然停下腳步，再次走向他，可能的話踩他的腳。然後可想而知，他試著走得離我越遠越好。但如此一來，他又會到達牽繩的極限，無法防範我突然轉身離開；沒錯，我現在就是要故意轉身。所以我們又回到起點。這一切全都無聲且不帶感情地進行，是柯勒方法中冷靜但無情的一面。狼犯錯並不是針對你個人，所以你絕對、絕對不能對牠們發脾氣。很快地，布列寧就試遍了所有不與我合作的可能方法。但最後他只能合作，因此他緊跟在我後面走。

別人（包括養狼的人）總是告訴我不可能訓練狼綁著牽繩走路。這樣的人若養狼、狼狗或狗，都會把牠們關在後花園的圍欄裡。我認為這種行為是有罪的，就算被判監禁也很恰當（當然了，這就鐵定能幫助他們站在狼的立場想）。其實我只花了不到兩分鐘，布列寧就乖乖套上牽繩讓我牽著走。還有人告訴我不可能訓練狼跟在我後面走路；但這只多花了我十分鐘。

掌握了用牽繩走路的基本要領後，教布列寧不用牽繩走路就出乎意料地容易。因為他已經掌握了關鍵，明白自己該怎麼做。起先，我仍然將牽繩繫在他身上，但我不牽著繩子走。等這一步成功後，便進展到完全不用牽繩走，而且，必須運用鍊圈。我用的鍊圈是小型的能抽緊的項圈，那是專門設計給小狗的。如果布列寧從我腳邊掙脫，我會先抖動鍊圈發出咯咯聲響，然後猛力朝他丟去。他被打到時會非常痛，但疼痛一下就消失，也不會造成恆久的傷害。我怎麼知道？因爲我慎重看待柯勒計畫的這個步驟，所以先請朋友朝我丟了幾次鍊圈。布列寧很快就將鍊圈的咯咯聲和緊接著的不愉快聯想在一起，所以我就不再需要朝他拋鍊圈。我花了四天訓練他不套牽繩並緊跟著我（每天兩次，一次訓練三十分鐘）。

我只教布列寧那些我認爲他需要知道的事。我從來不認爲教他要把戲有何意義。如果他不想要翻滾，我幹嘛要求他去做？我甚至懶得教他坐下。對我來說，他要坐或站完全是他的決定。跟在我後面走很快就變成他的預設行爲；而他只需要再知道四件事：

去到處聞一聞——「去吧！」

待在原地——「待著！」

來我這裡——「這裡！」

以及最重要的一點：

放開它——「走開！」

這四個口令的發音都是喉音，很像咆哮。稍後我們還學了彈指和手勢。暑假結束時，布列寧已熟稔這些基本的語言和非語言的溝通方式——我不敢說他非常熟練，但的確很有進展。

我知道，我對這點太沾沾自喜了。但這項訓練是我給過布列寧最棒的禮物，我生命裡少數確實做對的事中一個極佳的例子。有些人認爲訓練狗很殘忍，訓練狼尤其如此，彷彿你會挫了牠們的銳氣，或嚇得牠們一蹶不振。但其實，牠們一點也不會垂頭喪氣。一旦狗或狼完全清楚牠被指望或不指望做到的事，牠的自信以及伴隨而來的鎮靜會成長非常多。這是不容懷疑的事實。尼采便曾說過，無法自律的人，很快就會有別人讓他們守紀律。我的責任就是當布列寧的「別人」。此外，紀律與自由的關係既深刻又重要：紀律一點也不會妨礙自由，反而能實現最具價值的自由。沒有紀律就沒有眞正的自由，而只有放縱。

接下來十年左右，我們去散步時，偶爾會遇到狗主人用皮帶一直牽著狗，例如哈士奇或愛斯基摩犬等等長得像狼的狗。他們說如果不牽著，狗會衝得很遠，就再也無法用皮帶牽回來或甚至再也看不到牠們了。這很可能是眞的，但不一定非得如此不可。之後我們住在愛爾蘭時，我每天都鬆開布列寧的皮帶，一起散步穿過放羊的草地。坦白說，我第一次嘗試的時候有點緊張（不過可能沒有羊群緊張）。我們共同生活的這段時間，我從來不需要對布列寧吼叫，也不曾打他。我很肯定的一件事就是，如果狼能被訓練到完全忽視牠眼中的典型獵物，那麼任何一隻狗都能被訓練到聽見呼喚就回來。

你在後文會看到，布列寧接下來會過著對狼來說肯定是史無前例的生活。而那是因爲我能夠、也確實地帶他跟著我到處走。無可否認，我如此做的動機是，在我有課無法照顧布列寧的早上，他有能力將我的房子變成瓦礫堆。但我們能住在一起過著有意義的生活（而不是將他困在後花園中遺忘），是由於他學習了一種語言。這語言給了他一種生活架構，並因此揭開了各種生活的可能，那些都是其他方法達不到的。布列寧學了一種新的語言，這語言讓他在人的世界（一個魔法的世界而非機械性的世界）獲得自由。

6

當然，史無前例的生活不一定是好的。我有時候會被問到：你怎能如此做？怎能將一隻動物帶離自然的環境，逼迫牠過著牠一定覺得完全不自然的生活？問這問題的總是這種類型的人：中產階級的自由主義學者，自命關心生態，卻毫無養狗的經歷或知識。不過，如果只是誹謗問這個問題的人，而不好好查看問題本身，那麼就成了哲學所稱的「人身攻擊的謬誤」。問題本身是好的，應該要提出來。

首先，我可以指出，布列寧是出生在牢籠中，而不是在曠野，所以他沒有從父母那邊得到必需的訓練，若被釋放到荒野，只會很快死亡。但我這個回應無法讓我脫離干係。從付錢買下布列寧那一刻起，我就促使在牢籠中飼養狼的系統繼續存在，進而剝奪了牠們依自然的方式行動的機會。所以問題該是：我如何辯解自己的行爲？

支撐此問題的是這個信念：狼只有在做自然打算要牠做的事——從事其自然的行爲，如狩獵或跟其他狼夥伴互動——才會眞正快樂或滿足。此一主張乍看爲眞，但實際上很難確定。首先，「自然想要的是什麼」是很微妙的概念。自然到底打算要狼做什麼？或者，沿用同樣的概念，自然打算要人做什麼？更確切地說，自然究竟能否做任何打算？在演化的理論中，我們有時候會以隱喻的方式談論自然意欲爲何，但這樣的討論基本上產生的結果是：自然「想要」生物繁衍牠們的基因。「自然的意圖」這個概念被賦予的唯一具體意義，是建立在成功的遺傳之上。獵食與群體生活，是狼之類的動物爲了滿足基本且迫切的生物需求所運用的策略。然而，即使狼也會採取不同的策略。在狼歷史上的某個時間點，爲了某些不明的原因，狼依附人群而漸漸成爲了狗。如果說自然眞的有任何意圖的話，那麼狼演化成狗也是自然的意圖，就跟狼族的持續繁衍一樣。

我從哲學中學到這個有用的竅門：當有人提出主張，你要先想辦法搞清楚那主張的前提是什麼。因此，如果有人說狼只有在從事獵食或與狼夥伴互動等自然行爲時才能夠快樂，你就該問：這個主張的前提是什麼？其實仔細一查看便會發現，至少大部分都是在表現人類的自大。

沙特曾試圖定義人類這個概念，他說人（只有人）將自身的存在置於本質之上。這是後來「存在主義」這個哲學運動的基本原理。沙特主張，人的存在是「爲己存有」（譯注一），相對於單純只是「在己存有」（譯注二）的其他一切存在。他還無助地表述，人是爲了存在而存在的生物。他的意思是，人必須選擇如何過自己的生活，無法依賴預定的規則或原則（無論是宗教、道德、科學或其他的規則）。若採納了特定的原則，例如道德或宗教，就是選擇的表現。因此，不論你做什麼，不管你如何生活，最終總是表達出你的自由意志。如沙特所說，人注定是自由的。

對沙特來說，其他一切事物都不自由。其他事物，甚至其他生物，都只能做它們被設計來做的事。倘若無數個千年的演化將狼塑造成狩獵、群體生活的動物，那就成了牠們唯一能生存下去的方式。狼不會爲了存在而存在。狼只能依自己的本質存在。換句話說，前述那個問題「你怎能對布列寧這樣做？」的基礎假設是：狼的本質先於牠的存在。

當然，我們不清楚沙特是否說對了人注定自由。但我感興趣的是存在的靈活性這個比較籠統的概念。爲什麼人（只有人）能夠以各式各樣不同的方式過生活，而其他所有生物都注定淪爲牠們的遺傳的奴隸、歷史的奴僕呢？這個概念除了建立在殘餘的人類自大之上，還能以什麼爲基礎？幾年前，我有一次要搭早班飛機飛往雅典，前一晚坐在離蓋特威克機場不遠的飯店的啤酒園裡。一頭狐狸過來像條狗一般坐下，距離我不到幾呎，耐心等著看我是否會丟給牠一些食物的碎屑。結果我當然丟了。女服務生告訴我，他（或她）是本飯店定期出現的常客，顯然也常出現在別間飯店。你要不要告訴這隻狐狸，牠應該恢復自然本性，去捕獵老鼠？你要不要跟狐狸說，牠的本質先於存在，不像我們人是爲了存在而存在？

當我們認爲狐狸的自然行爲只限於捕殺老鼠，就是貶低了牠。當我們接受了這種局限牠的存在的觀念（如沙特所言），就是小看了牠的聰明與機智。對狐狸來說，自然的事物會不斷隨著歷史與時運的變遷而改變。因此，狐狸的存在（即狐狸的本質）也會跟著改變。

當然，你不能完全撇除自然歷史的限制。狐狸若是日復一日坐在籠子裡，既不會快樂也不會滿足。狼也不會。我也不會。我們都有某些基本的需求，是歷代傳下

譯注一：為己存有（being-for-itself）：為有意識的存有，意識到自身「不是什麼」，意識到「無」。

譯注二：在己存有（being-in-itself）：為沒有意識的存在，是既存的事物或被意識的客體。

來的。但若因此認爲狼和狐狸只是生物學的木偶，任由歷史拉扯牠們的線，那就是錯誤的推論。牠們的本質可能會限制、但不會操縱或決定牠們的存在。狐狸和狼如此，我們也是如此。我們在各自的生命中玩著發到手上的牌，有時候牌太差，以致無計可施，也有時候不差，就端看我們能玩得好或壞。發到狐狸手中的牌是城市急速的入侵，破壞了我們認爲的牠的自然棲地（其實我覺得這個術語已經好久、好久不具眞正的意義）。但我的狐狸朋友玩得挺好的：牠從一桌進展到另一桌（牠只去有食物的桌子），每次都耐心坐著，直到獲得需要的捐獻。

布列寧也拿到一些牌，而我認爲他玩得非常好。反正他手上的牌並不眞的那麼差。他原本有可能像許多狼或狼的雜種一樣，因爲飼主應付不來，最後關在後院的籠子裡，但他卻過著豐富多彩與（我覺得應該是）刺激的生活。我讓他務必每天至少散步長長一段路，並訓練他脫離牽繩的引導。環境許可的話，我讓他有機會能從事自然的行爲，像是打獵以及與其他犬科動物互動。我盡最大的可能保證他永遠不會無聊；坐著聽我上完整堂課的例行工作另當別論。若只因爲布列寧沒有做野生狼在做的事而認定他不會快樂，那就是輕視了他的智慧與靈活，是陳腐的人類傲慢。

布列寧當然是跟隨一萬五千年前他祖先的腳步，回應文明的呼喚，與最強大、最凶惡的人猿建立共生、或許也牢不可破的關係。由遺傳的觀點來看，你只需要計算現今世上狼的數量和狗的數量（分別約為四十萬和四億），就能明白這是驚人成功的演化策略。認定狼依附人類是違反自然的這項觀念，對自然本質的認識太過淺薄。再想想野生狼壽命都相當短，七年算不錯了，牠們的死法也常不太令人愉快，那麼文明的呼喚或許不全然是災難。

我認為用來訓練布列寧的柯勒方法最終能如此成功，是因為對狗和牠們野生兄弟的存在天性有一定程度的了解與共鳴。但由於我誇大地駁斥柯勒方法中部分過分的行為，所以這項特點被掩蓋了。驅動柯勒方法的來源是一種信念：相信狗或狼的本質不先於牠們的存在；相信狗或狼的存在與人類的相同。因此，我們必須給予狗或狼適度的尊重，並進一步給予適當的權利：道德上的權利。如柯勒所言，這是「對牠行為的後果所賦有的權利」。狼不是有肉體的木偶，盲目地聽從遺傳的指令，起碼不會比人類來得聽從。狼很能適應環境——當然不是什麼環境都能適應；哪一種生物能適應所有環境呢？狼同樣能玩發到牠手中的牌，不輸給人類；更何況，人能從旁協助。當牠牌打得越好，牠就越有自信。牠喜歡學到的東西，想要學得更多。牠變強壯，因此變得更快樂。

布列寧是奴隸嗎？由於我設定他教育的範疇，決定了他未來行爲的輪廓，所以他就是奴隸嗎？我花了七年時間在「中等」綜合學校，之後三年在曼徹斯特大學、兩年在牛津大學，在這些學校裡，我的教育範疇非常明顯是由別人設定的，難道我因此成爲奴隸嗎？假如布列寧是奴隸，那我也是。倘若眞的如此，那「奴隸」一詞的意思是什麼呢？如果我們全是奴隸，那誰是主人？若沒有主人，誰又是奴隸呢？

或許這個論證不如我想的那麼好。也許布列寧爲我做的一切模糊了我的判斷。有些人養狗，在新鮮感逐漸消逝之後，基本上就將狗留在後花園裡遺忘。之後狗變成例行的苦差事。主人必須餵牠們食物和水，那成了人和狗之間僅有的互動，而且是無聊的事，是主人不想做但認爲自己應該做的事。有些人甚至認爲只要定時餵狗吃飯、給狗喝水，就算是很好的主人了。如果你這麼想，那何必養狗呢？養狗沒有讓你得到任何東西，只有氣惱每天必須做你其實不想做的事。然而當狗和你一起住在屋子裡，完全融入你的生活，變成生活的一部分時，你就能發現所有的喜悅。養狗就像任何一種關係：只有願意付出、願意讓對方進入，你才能有收穫。同樣的道理也適用於養狼。不過，狼畢竟不是狗，牠們有些狗沒有的怪癖，所以要帶牠們進入你的生活，必須花費更多心力。

7

布列寧和我形影不離，生活了十一個年頭。家會變，工作會變，國家甚至大陸版塊會變動，我的其他關係也來來去去（多半是去）。但布列寧永遠在那裡，無論在家、在工作或在娛樂的時候。他是我早晨睜開眼第一個看到的東西。這主要是因爲喚醒我的都是他。他總在破曉時分，在我臉上送一記大大、溼溼的舔吻：肉的氣味、砂紙般的舌頭，虛無飄渺地出現在黎明昏暗的光線中。這是運氣好的日子。運氣不好時，他會在花園抓鳥，殺了之後扔在我臉上來叫醒我。（與狼同居的第一條準則是：永遠要期待你無法期待的事。）早上我寫文章時，他會躺在我的書桌底下。他一生幾乎每天跟著我散步或跑步。我下午講課時，他會跟我一起進教室。晚上當我喝著一瓶又一瓶、數不清的傑克丹尼爾威士忌時，他會坐在我身旁。

那不是因爲我喜歡有他陪伴，雖然我的確喜歡。我學到如何生活、如何控制自己，大多是在這十一年當中。我對生命及其意義的了解，大部分是從他那裡學來的。身爲一個人究竟是什麼，我是從一隻狼身上學到的。他完全融入我生活的每一方面，我們的生活毫無縫隙地緊密糾纏在一起，所以我開始依據我和布列寧的關係來了解、甚至定義我自己。

有人說擁有寵物是不對的，因爲那讓寵物變成了你的財產。技術上來說，我假設這點是正確的。以最淺薄的法律觀點來看，我可以說是布列寧的主人，雖然在他大半的生命中，我沒有任何形式的文件記載著所有權，所以不清楚我要如何在法庭上證明這一點。但這個反對的理由從來不曾說服我，因爲它其實是錯誤的推論。它假定，如果你在法律上是某物的所有人，所有權就是你和該物之間唯一的關係，或者最起碼，那是你和該物之間最主要的關係。但事實上，我們沒有什麼理由要相信這點。

布列寧根本不是我的財產，無疑也不是我的寵物。他是我的兄弟。有時候，在某些方面，他是我的弟弟。另一些時候，在另一些方面，我則是他的守護者：保護他免於來自他不了解、也不信任他的那個世界的傷害。我必須決定我們接下來要怎麼做，而且不論布列寧是否同意，我會執行那個決定。然而，我有些支持動物權運動的朋友，會開始扯出不平等的權力關係；他們說，既然布列寧無法對我的決定表示同意，那麼他實際上是我的犯人。這個指控同樣不是非常有理。如果今天我的兄弟是人而不是狼，而且因爲太年輕，無法理解這世界及他的行爲在世上的後果，那麼我不能只是任由他去承受後果。前文提過，柯勒主張狗對牠行爲的後果賦有權利。我同意。但這個權利當然不是絕對的權利，而是哲學家所謂的初步權利：在正當的情況下能被推翻的權利。假如你的狗跑去車子前面（或許是因爲牠忽略了你的指示），你一定不會想讓牠承受行爲的苦果，而是盡可能確保牠能避免。如果是我弟弟跑去車子前面，我也會這麼做。在常識和一般人類行爲準則的範疇內，若後果不是太嚴重或不會造成太大傷害的話，我會允許弟弟去承受或享受他行爲的後果，因爲那是他能學到經驗的唯一方法。但在別的情況下，我就必須盡量保護他，即使他不同意。這樣就是把他變成我的囚犯嗎？我覺得會這麼想的人，似乎都刻意忽略了守護和監禁的區別。

看來守護的概念好像比所有權的概念更能提供我們合理的方式，來了解人（至少是正經的人）與動物同伴的主要關係。但對於布列寧，這概念卻不太符合。這點將他與我認識的任何一條狗明確地區分開來。只有在某些時候、某些情況下，布列寧才是我弟弟。在其他時候、其他情況下，他是我哥哥，是我欽佩、尤其想要模仿的哥哥。我在後文會寫到，要模仿他不是容易的事，我從來只能達成一小部分。但經由嘗試和努力，我得到了鍛鍊。我完全相信，我因而成爲比原本的我還要好的人。我們能從哥哥身上得到的，莫過於此了。

人有好幾種記憶的方式。提到記憶，我們常注意到最明顯的記憶，卻忽略最重要的。鳥不是振翅才能飛翔；拍動翅膀只是提供鳥兒往前的推進力，眞正飛翔的原理在於鳥翅膀的形狀：空氣流過翅膀，在上下表面形成不同的壓力。但人類一開始試著飛翔時，卻忽略最重要的，只注意到最明顯的，所以才建造了拍打的機器。我們對記憶的了解也是類似。我們認爲記憶是有意識的經驗，我們藉此回想過去的事情或情節。心理學家把這稱爲情節記憶。

我認爲，情節記憶就像拍動翅膀，而它總是最早背叛我們的。大多數時候，情節記憶並不特別可靠——幾十年的心理學研究都趨向這個結論。當我們的大腦活動開始不可避免地長期逐漸下降、直到靜止，情節記憶是第一個消失的，宛如鳥翅的振動逐漸消失在遠方。

但人還有一種更深刻、重要的記憶方法，而且沒有人想過爲它取個名字。這種過去的記憶印刻在你身上、在你的性格、在你帶著這樣的性格所過的生活中。你並沒有、至少沒有經常發覺這些記憶；它們常是你無法察覺到的東西。但這些記憶勝過其他事物，造就了現在的你。它們展現在你做的決定、採取的行動，以及你因而過著的生活中。

我們是在生活中，基本上不是在意識經驗中，找到關於那些逝去者的回憶。我們的意識很善變，不適合擔負記憶的重任。記得別人的最重要方法，就是成爲他們塑造我們的樣子（至少局部成爲），過著他們幫忙塑造的生活。有些時候，他們並不值得記起來。於是，我們最重要的存在任務，是將他們從我們的生活故事中刪除。但當他們値得我們銘記在心，那麼成爲他們幫忙塑形的人，過著他們幫忙鍛造的生活，就不只是我們記住他們的方法，也是對他們致敬的方式。

我會永遠記得我的狼兄弟。

第三章 百分百不文明

我們是猿猴，我們能做狼永遠無法想像的事。我們能創造藝術、文學、文化、科學，我們能發現事物的眞理。世上沒有愛因斯坦狼，沒有莫札特狼，也沒有莎士比亞狼。更一般的例子是：布列寧無法寫這本書；只有人能寫書。當然這是眞的。但我們必須記得這一切來自何處。

1

八月下旬，布列寧和我一起前往阿拉巴馬大學，上我們的第一堂課。這個夏天我目睹他成長神速，變得強壯高大。原本是一個圓滾滾的小熊樣子，現在體型已是長而精瘦、稜角分明。雖然還不滿六個月大，他的肩膀高度已達三十吋，體重大約八十磅。我之前量他體重時，是將他抱起來一起站在浴室的磅秤上，這方法令他很不高興。但能如此量體重的日子接近尾聲，倒不是我抱不動他了，而是因爲我們兩個加起來太重，超過磅秤的負荷。他的毛色保持原樣：棕色，帶點黑斑，腹部則是奶油色。他遺傳了雙親大如雪鞋的腳，總讓人以爲他快被自己的腳絆倒；但他從未絆倒過。他鼻梁的邊緣有一條黑線順勢滑下，從頭部到鼻子，然後被眼睛框住。他的眼睛仍是杏仁色，如今像一般狼一樣是半開半閉的斜斜形狀。他幾乎無法克制（他自己一定感覺到的）那在全身流竄的力量。我幫他取了個綽號叫「野牛男孩」，因爲他習慣在屋子裡全速橫衝直撞，打翻任何沒固定在地上的家用物品（甚至有些已固定的）。在夏天那幾個月裡，我們離開屋子的行動慢慢演變成近乎儀式。我宣布出發時會說「走吧」，他一收到這訊息就會開始即興表演：在客廳牆上表演側翻。他會奔向高背長椅，跳上去，接著跑到牆面上，跑得夠高時，他會把後腿往上一踢、轉身、再跑下牆。每次我們出門，同樣的戲碼就會重演。布列寧也常常在我開口說話之前玩這套把戲，彷彿是要告訴我、我們有朋友要拜訪、有地方要去。所以我想我們可以肯定地說，我開車到大學上第一堂課時，還眞是有點戰戰兢兢。

不過，那天早晨其實沒發生大災難。進教室前我先陪他散步好長一段路，累得他疲憊不堪；而他習慣教室裡還有其他人之後，就躺在前面的桌子底下睡覺。正當我講述笛卡爾懷疑外在世界存在的論點時，他又醒過來開始進攻我的涼鞋四周。我想，教室內每個人都很歡迎他來分散注意力吧。

但不是每回都如此順利，偶爾也有不幸的事故。幾個星期後，他開始喜歡在課上到一半時來段小睡後的咆哮，可能是要表達他很不滿意課程進行的方式。我迅速朝學生的方向瞄一眼，證實了他們完全明白他在說什麼。還有些時候，他會決定伸伸腿，在走道上晃來晃去，邊走邊四處嗅一嗅。有一天，他似乎特別大膽或飢餓，或是兩種感覺都有，他的頭消失在一名主修哲學的女生的背包裡；而她呢，我想誠實說來，她在狗旁邊一直有點緊張不安。幾秒鐘後，他的頭又出現了，帶著她的午餐。我預料到飢腸轆轆的學生可能會提出一連串的賠償要求，所以後來都在課程一開始發給學生的教學大綱上，加入一項條款。條款共有三句，我非常確定它之前不曾出現在任何書面的哲學教學大綱上。我將它安排在指定讀物及解釋評分流程的段落之後，文字如下：

小心：請不要注意那匹狼。他不會傷害你。不過，如果你的袋子裡有食物，請確定袋子有牢牢地繫緊。

事後回想，沒有引起抱怨，或者更嚴重的，訴訟，還眞是奇蹟呢。

下午，我會從假扮講師轉變爲假扮學生。我第一次搬來阿拉巴馬，當時才二十四歲，比我許多學生還年輕。我之前在牛津飛快地拿到博士學位，只花了十八個月多一點的時間，這速度並不尋常，或許是獨一無二的。不過美國的體制非常不同，拿到博士學位前，必須先奮鬥個五年，這是最起碼的。而拿到學士學位也需要花比較長的時間（四年多，英國則是三年），這加起來就表示，大多數想從事學術工作的美國人，進入學界時已逼近三十歲。在我看來，這年紀無疑是高齡了。既然半數的人年紀都比我大，如果我想找朋友，選擇的對象自然是學生，而不是學界的同僚。這倒不是壞事：學生有趣多了。

所以當我到阿拉巴馬時，我靠著一個可靠的策略來得到社交生活：團隊運動。我在英國打橄欖球，技術練得很好。而阿拉巴馬大學跟多數美國大學一樣有橄欖球隊，以當地的水準來說算非常好的隊伍。美國的橄欖球聯盟在檢查入選資格的程序上顯然不夠嚴格（等於根本沒有），所以我能假裝是學生混進去，替橄欖球隊打球。幾年後，布列寧出現時，我當然帶著他一起去訓練。因此大多數非週末的平日下午，我們會出現在布利斯球場，就在學校廣大的體育館邊上。

週末則有與其他大學的對抗賽，不是在主場，就是在客場。布列寧陪著我們上路參加所有比賽。當然，公路旁的旅館幾乎都不歡迎狗，更別說是狼。但要把布列寧偷偷帶進汽車旅館卻很容易。反正在汽車旅館，車子是停在房間前面，所以只要職員沒有向外張望停車場，走私狼的行動通常不會被發現。不管哪一所主要的大學，阿拉巴馬、喬治亞、佛羅里達、路易西安那、南卡羅萊那或田納西，布列寧都參加過校園裡的橄欖球賽，以及賽後的派對。九月初的宜人夜晚，他在紐奧良的波爾本街吃槍烏賊；春假時去佛羅里達的德通海灘。他對巴頓魯治某間姊妹會的屋子瞭若指掌，也拜訪過好多次亞特蘭大西郊某間廉價的脫衣舞夜總會。他甚至去了拉斯維加斯，拜一年一度「午夜七人制橄欖球錦標賽」所賜——這個球賽名字是因爲所有的比賽都在夜間舉行。

橄欖球隊員很快就發現一件對他們非常重要的事：布列寧是個小妞磁鐵。事實上，他們用的詞彙有點不一樣，生動多了，但眞不適合在這裡重述。不管如何稱呼他，大家普遍認爲，如果參加大學的橄欖球派對，站在一頭大狼旁邊，那麼不消片刻，嫵媚動人的異性成員（她們被喚爲「橄欖球迷」）就會主動接近你，對你說：「我眞喜歡你的狗。」於是你無須像平常一樣花精力做準備工作，就能得到開場白的機會。因此，布列寧出現在身邊，就成了MVP（最有價值球員）、即當天場上最傑出選手的獎賞。而我沒有資格角逐MVP，據說原因是：我任何時候都能利用布列寧達到泡妞的目的。

在學期中，我幾乎每隔一個週末就要去一趟這樣的公路之旅：禮拜五下午出發，到開車來回要一千哩左右的地方，打橄欖球，喝個爛醉，夜宿便宜的汽車旅館，禮拜天下午回來，通常仍醉醺醺的，疲憊不堪但很快樂。其餘的週末則有主場的比賽，我們會做同樣的事，除了開車之外。這差不多就是「野牛男孩」和我結識前四年所共度的生活。

2

狼會玩耍，但跟狗玩的方式不同。狗之於狼就像小狗之於狗。狗的玩耍是幼稚症（譯注）的結果，是一萬五千年的演化所孕育出來的本性。你朝狗扔一根棍子，他或她很可能會以一股瘋狂似的興奮，朝棍子飛奔過去。我那隻非常聰明的德國牧羊犬和愛斯基摩犬的混種狗「妮娜」，她就特別喜歡棍子；如果你允許她不停下，她會一直跑去追，直到倒下為止。我曾經好幾次努力說服布列寧追棍子、追球、追飛盤是很有樂趣的事，但他只是盯著我看，彷彿我瘋了。他的表情很容易看懂：去拿來？你是認真的嗎？如果你那麼想要棍子，幹嘛不自己過去拿？還有，假如你真那麼想要，幹嘛把棍子扔掉？

狼在玩的時候，時常會讓路過的人驚愕，因為他們無法分辨狼的動作是不是在打架。我一直到好幾年後，看見布列寧和他的女兒黛絲，以及跟妮娜一起玩時，才明白這點（撇開追棍子的癖好不論，妮娜被布列寧教養得和狼差不多）。那時，我看起來很自然的事，卻會引起旁觀的人驚慌大叫。對布列寧來說，玩耍相當於攫住另一隻動物的頸部，然後將對方壓在地上，猛烈地來回搖晃，像對一個布娃娃。這些動作還伴隨著刺耳的嗥叫與咆哮。接著他會讓另一隻狗掙脫開來，對他做同樣的事。這是玩耍。我不懂爲什麼狼玩得如此粗暴，但牠們的確這樣玩。嗥叫與咆哮洩漏出這是一場遊戲。那是狼向玩伴確認彼此還在玩耍的一種機制，因爲牠們的動作太像打架，很容易就引起誤會。我發現，狼眞正在打架時是完全無聲的，安靜得令人毛骨悚然。

當然，狼一定知道這些事情，狗卻不一定。所以當布列寧活力充沛地想與其他狗玩，往往落個不幸的下場：別的狗要不攻擊他，要不就是害怕地尖叫。可憐的布列寧一定覺得兩種反應都令他困惑。然而，有一隻狗完全「懂」布列寧。那是一隻強硬的大型比特鬥牛犬，名字叫「橄欖球」，喜歡粗暴地玩耍。

橄欖球算是比特鬥牛犬裡體型龐大的，體重九十五磅，而他的主人麥特，一樣

譯注：幼稚症（infantilism）：指成年人在身體或智能方面仍保有幼兒的特性，在這裡意指狗雖然身體長大成成犬，但玩耍時仍保有幼犬的特性。

身材龐大，是我們隊上的二排前鋒。比特鬥牛犬的名聲很壞，但牠們的本質並不壞。一般都是人把牠們變壞。人總是滿意自己是與眾不同的。我們喜歡告訴自己，擁有個人特色是我們獨特魅力的一環。但實際上，我懷疑個人特色與人類的獨一無二絲毫沒有關係。所有的狗也都不一樣。有的可愛，有的單純就是凶惡。在凶惡的狗當中，絕大多數很不幸是因爲養育的環境才變壞。我非常確定這正是發生在我家那隻精神異常的大丹狗藍三歲前的事。但我也認爲，有些狗就是天生的壞胚子。就像某些人一樣，他們天性就壞。我必須強調，這裡說的是個別的狗，而不是品種。在我的經驗裡，狗的品種和性格是有一點關係，但僅此而已。

橄欖球並沒有非常嚴重的問題，因爲麥特也沒什麼嚴重的問題。橄欖球不是真的一直都懂布列寧。橄欖球比布列寧大了幾歲，布列寧還是隻小狼時，橄欖球看不起他，這件事在布列寧長到十八個月大以後，在他們之間產生許多全新的問題。不過大概有一年的時間，他們是最好的朋友。大部分平日午後，球隊練習時都會被他們分散注意力，因爲他們在球場邊演出令人眼花的仿拳擊特技表演。

然而，布列寧到了十八個月大時，他對狗的態度開始轉變。如果遇到一隻卵巢沒有割除的母狗，他必然會撲到她身上，不管彼此身形大小差多少（一群心理受創的西高地白梗和約克夏狗，以及同樣受創的狗主人，很快就知道平日下午要避開布利斯球場）。眞正麻煩的是碰到公狗。他對他們的態度若不是輕蔑的冷淡，就是毫不掩飾的敵意，而這取決於他是否認爲對方體形大到構成威脅。大多數時候，他的態度不成問題，因爲布列寧訓練得很好、非常聽話，我沒有說可以，他不會去接近別的狗。但偶爾會有狗來接近他，還帶著閃閃發亮的眼睛，於是局面就此改觀。

橄欖球絕對夠大到足以構成威脅。事實上，我很難想像有比橄欖球更令人害怕的狗。布列寧成年之後，他們再度彼此憎恨。我們練習橄欖球時，會看到他們不在玩耍，而是趾高氣昂地走過對方身邊，腿部繃緊，一副要打架的姿態。我和麥特總是謹慎地將他們分開，但終究免不了失誤。一個禮拜六下午，我們在準備比賽時，橄欖球成功掙脫了綁在麥特小貨車上的狗鍊。我正在球場中央做賽前的伸展操，目睹了大約三十碼外雙方的衝突。橄欖球衝向布列寧，身子蹲伏得低低的，使足全力攻擊。布列寧等到最後一刻才往旁邊跳開，接著他跑到橄欖球的後頭，又跳到對方背上，猛烈攻擊頸子和頭部。幾秒鐘之內，橄欖球的一隻耳朵被扯下大半，血從臉、頸和肋骨汩汩流出。面對這十足驚駭的景象，我從球場中央奮力衝過去。雖然又驚又怕，我還是本能地跳進去，試著將布列寧拉開。但這是個錯誤，很可能致命的錯誤。橄欖球利用短暫喘息的機會，鎖住了布列寧的喉嚨不肯放開。

這次事件讓我學到調停狗打架的第一個寶貴教訓：絕對不要把你的狼從比特鬥牛犬身上拉開。第二個教訓是：假如比特鬥牛犬鎖住狼的喉嚨，很可能是因爲你笨到把狼拉開，然後只有一種方法能叫牠鬆開。別想撬開牠的嘴巴，那是行不通的。也別想野蠻地反覆踢牠肋骨，這招也沒用。要潑水到牠臉上。比特鬥牛犬鎖喉的動作是出自本能，而對付本能動作的唯一方法是引出另一個本能動作：水通常有用。很幸運，麥特比我先學會這個教訓。

第三個教訓是我從後來的爭鬥中學到的。如果你眞的必須把狼拉開而不讓他和另一隻狗搏鬥，那就抓住他的尾巴或臀部。特別強調：不要抓脖子。假如另一隻狗沒有徹底受創（攻擊布列寧的狗不會是那種容易受創的狗），牠仍會持續攻擊，那麼你把手放在你的動物脖子附近就是非常糟糕的主意。我的手和前臂仍有一塊塊傷痕，就是在磨練調停技巧的漫長痛苦過程中得到的。

我不想誇大布列寧對拳擊的癖好。值得注意的爭鬥事件，我大概一隻手的手指頭就能數完，而且我很欣慰還有手指能夠證明這點。布列寧不曾嚴重地傷害別隻狗——我說的嚴重是指縫一針兩針無法治好的傷。就連橄欖球的傷口縫補情況也很良好。不過我非常確定，這都是因爲我總能在場將布列寧拉開。而且，布列寧也很少主動開啓戰端；但這也可能是因爲他受過我的訓練，所以不曾有這種機會。即使別的狗在我的注意力分散時來接近他，也能輕易地避免打架；狗只需要擺出慣用的順服或屈尊的姿勢就行了。結果會和布列寧打架的全是好鬥的大型犬，最常見的是比特和羅威那犬，牠們從主人的身邊逃脫，沒有一點屈服他的意願。

問題並非出在布列寧熱愛打架。那是他的天賦。假如他和狗打架，我必須費力擠到牠們中間，想辦法停止戰鬥。爲了橄欖球事件不要重演，我也得同時抓住牠們。這工作並不簡單。但我必須做，因爲只要狗繼續打，布列寧也會繼續。若布列寧繼續打，狗很快就會死掉。他的速度快得令人目眩，他的凶猛叫人喘不過氣。很難相信這個布列寧和每天早上用溼溼的熱吻舔我的臉、叫我起床的那隻動物是同一隻；這樣的他也不像一天爬上我膝蓋好幾次、要求摟抱的那隻動物。但我永遠不會忘記，布列寧同時是這兩種動物。

3

有些人說狼，甚至狼狗混種，在文明的社會裡無容身之處。我思考這個說法好幾年後，得到的結論是：它是對的，但不是因爲那些人所想的理由。布列寧是危險的動物，這項事實無須掩飾。他對其他人類完全不感興趣；我背地裡自私地對此感到高興。如果有人想要和布列寧說話，或是像對別人的狗那樣撫摸他，他會高深莫測地注視他們幾秒鐘，然後就走開。但若環境對了，他可能會迅速而有效率地殺了你的狗。然而，他在文明社會裡無容身之處不是因爲他太危險。眞正的原因是，他一點也不危險，一點也不討厭。我認爲文明世界只適合極討厭的動物。只有猿猴才能眞正的文明。

布列寧一歲左右時，有天晚上，我一個人坐在電視機前面，吃著所有美國有自尊心的單身漢的主食：一盤可微波的味精「餓漢餐」。布列寧躺在我身邊，像隻老鷹般盯著，彷彿在看有什麼東西會從盤子上滾下來。這時電話鈴響了，我過去接，把盤子留在咖啡桌上。你看過威利狼追逐嗶嗶鳥、然後跑過頭從懸崖掉下去的卡通嗎？想想他才剛跑過懸崖邊緣的那一刻；當他領悟到有可怕的事情發生，但還不太確定是什麼事的那一瞬間；也就是他開始瘋狂想爬回去卻徒勞無益的前一刻。他處在半空，呆在當場，臉上的表情從熱切逐漸變爲困惑，最後是在劫難逃的領悟。那就是我回到房間、等著我的畫面。布列寧迅速吞完我的餓漢餐，正快步走向他在房間另一頭的床。我回房間的舉動——雖然不受歡迎，卻並非完全意想不到——讓他當場僵住，步伐跨到一半，一條腿跨在另一條前面，臉轉向我，逐漸凝成威利狼領悟時的表情。有時候，就在威利狼開始墜落深淵之前，他會舉起一個牌子，上面寫著「哎呀！」我非常確定，如果布列寧手邊有這個牌子，他也會做同樣的事。

維根斯坦曾經說過，就算獅子能說話，我們也無法了解牠。維根斯坦無疑是天才，但面對現實吧，他並不是眞的很了解獅子。狼用肢體說話，而布列寧的肢體明顯在說：「慘了！」如果他態度更冷靜，甚至帶著漫不經心，說不定會讓他成功掩飾偷竊行徑：我不知道你的盤子怎麼會變成那樣啊；我什麼都沒做喔；我來的時候盤子就是那樣了。或甚至：你離開前就吃完了耶，你這個老年痴呆的老傢伙。但那不是狼會做的事。牠們會說話，我們甚至能了解牠們。但牠們不會撒謊。這就是爲何牠們在文明社會裡沒有容身之處。狼不會對我們說謊；狗也不會。這便是我們爲什麼覺得自己比牠們優秀。

4

眾所周知的事實是，相對於身體的尺寸，猿猴的腦比狼大；事實上，幾乎大上百分之二十。因此我們得出必然的結論：猿猴比狼聰明；猿猴的智力優於狼的智力。這個結論與其說是錯的，不如說是過分簡化。優越這個想法過於省略。如果X優於Y，X一定是在某些方面勝過Y，所以，假如猿猴的智力確實優於狼的智力，我們應該自問：在什麼方面？而要回答這個問題，我們必須了解猿猴如何有比較大的頭腦，以及牠們爲此付出了什麼代價。

有段時間，人們認爲智力只是應付自然世界問題的能力。例如，黑猩猩會想出把棍子放進蟻窩，就能把螞蟻拉出來吃掉而不會被咬。這便是一種我先前說的機械性智力。自然世界向黑猩猩提出一個問題：如何取得食物而不被咬？而黑猩猩用這種智力解決了。機械性智力在於理解事物彼此的關係（在上述例子中，是棍子與螞蟻可能行爲之間的關係），並且運用這層理解來達到目的。如我們所見，狼是擁有機械性智力的生物，或許還不如猿猴，但超過狗。

一般而言，群居生物的頭腦比非群居生物的頭腦來得大。但是爲什麼呢？自然世界向群居和非群居生物都提出同樣的機械性問題，無論你是老虎、狼或猿猴。於是，我們似乎應該得到的結論是，機械性智力不是驅使腦容量增加的原因。這便是安德魯·懷特恩與理查·拜恩（兩位聖安祖大學的靈長類動物學家）所謂「馬基維利智力假說（譯注）」的基礎。腦容量增加以及因而提升的智力，並非由機械性世界的需求所驅使，而是由群居世界的需求所推動。

我們必須小心，不要本末倒置。譬如你可能認爲，有些生物的腦容量比較大，智力就比較高，所以能夠了解自己在群體裡會得到比較好的生活，群體會提供相互的支援和保護；也就是說，牠們變成群居動物是因爲牠們比較聰明。根據馬基維利智力假說，眞相剛好相反：牠們變得比較聰明是因爲牠們群居。腦容量增加不是動物聚在一起生活的原因，而是動物群居的結果。群居動物需要有辦法做到非群居動物不需要做的事。機械性智力可能跟了解事物彼此的關係有關，但群居動物需要的不只它，牠們需要理解其他像自己一樣的生物之間的關係，而這種理解能力就是社

譯注：馬基維利智力假說（Machiavellian intelligence hypothesis）：馬基維利是十六世紀義大利的政治家，主張權謀，為達目的不擇手段。因此這個馬基維利智力假說，是將善於經營有利關係的手腕與迅速判讀社會情境的能力，視為出人頭地的先決條件。

會智力。

例如，猿、猴子或狼需要能夠掌握群體裡其他成員的線索。牠需要知道誰是誰，要能夠記得誰地位高、誰又隸屬於牠。否則，牠會行爲失當，結果受到懲罰。許多昆蟲，譬如螞蟻、蜜蜂等等，也必須掌握這個技巧。不過昆蟲是藉由放置及接收化學訊息來達成：這是牠們演化傳承下來的策略。而群居的哺乳動物是運用其他策略：增加某方面的智能。根據馬基維利智力假說，動物群居的天性以及對掌握社會關係的需要，驅使了群居動物增加腦容量和腦力，而不是智力反過來導致群居。

這點是許多猿猴和狼共有的。然而，在很久、很久以前某個時候，猿猴經歷了狼沒走過的演化路徑。原因連大多數專家都不清楚。住在群體中帶來了新的機會和伴隨而來的迫切需要。而非群居動物永遠無法得到這些機會，也永遠不會有這些迫切需要。第一個機會是：操縱並利用你的夥伴，藉此以較少的代價來獲取群體生活的一切好處。這種操縱和利用是以欺騙的能力爲基礎：操縱夥伴首要且最有效的方法就是欺騙他們。而群體生活的第一個迫切需要正是欺騙行爲所引起的，只要你住在這樣的群體中就免不了。因爲不希望發現自己比猿猴同伴花費更多的代價卻獲得較少的好處，群體生活會迫使你變得夠聰明，能分辨自己是否被騙。結果由於需要同時進行欺騙與不受騙，於是智能逐步提升。在猿猴的演化歷史中，逐步提升的胡說能力與逐漸增加的看穿胡說能力是攜手並進的；不可避免地，後者的能力幾乎勝過前者的能力。

住在群體中帶來的另一個機會是：與同儕組成聯盟。在猿猴的社會裡，聯盟就是利用群體裡的某些成員，聯合起來對付其他成員。要做到這點，你必須有密謀的能力。但這個機會伴隨另一個需求。成爲別人密謀的目標，以及一個接一個聯盟的受害者，並不利於你的福祉和遠景。如果別人不斷密謀對付你，你想繼續待在群體裡，就必須也不斷密謀對付他們。於是，你需要當個密謀者，同時要應付別人的密謀。密謀的能力導致密謀的需要。

密謀和欺騙是猿猴擁有的社會智力的關鍵。因爲某種原因，狼不曾走到這條演化之路。狼群裡極少密謀、極少欺騙。有些證據暗示狗可能有幾種基本且微不足道的組織聯盟能力，但並沒有定論。即使那是眞的，有件事仍很清楚：狗或狼的密謀與欺騙的能力，跟猿猴相比簡直像小孩子。沒有人眞正明白爲什麼猿猴會採取這種策略，而狼卻沒有。但就算我們不知道原因，有件事卻徹頭徹尾地清楚：這樣的差異確實發生了。

當然，這種智力在猿猴之王「人類」身上達到顛峰。當我們談論猿猴優越的智力，或猿猴的智力高於狼的智力時，我們應該記住他們是這樣被比較的：猿猴比狼聰明是因爲他們最終是比狼更厲害的密謀者和騙子。猿猴與狼的智力差異就是源自於此。

但我們是猿猴，我們能做狼永遠無法想像的事。我們能創造藝術、文學、文化、科學，我們能發現事物的眞理。世上沒有愛因斯坦狼，沒有莫札特狼，也沒有莎士比亞狼。更一般的例子是：布列寧無法寫這本書；只有人能寫書。當然這是眞的。但我們必須記得這一切來自何處。我們的科學和藝術智能是社會智力的副產品，而社會智力在於我們有能力密謀和欺騙，並避免淪爲密謀和欺騙的受害者。這倒不是說科學和創造的能力降爲密謀和欺騙。貝多芬在寫《英雄交響曲》時，密謀和欺騙這兩件事大概是他最不可能想到的；它們也不會存在他的下意識中，隱蔽地引導他的行爲。我不是要針對貝多芬的作曲能力提出可笑的簡化說明。我的重點是說，貝多芬能寫出《英雄交響曲》，只因爲他是一種長期自然歷史的產物；那是猿猴的自然歷史，它發展出說謊而不受騙的能力，以及密謀而不被暗算的能力。

當我們忘卻自身的智能來自何處，我們既對其他生物不公平，也傷害了自己。

這種智能並非免費獲得的。在演化的遠古時期，我們走下某條路，而狼不知何故沒有走同一條路。我們不能責怪也不能恭喜自己走了這條路。我們別無選擇。在演化中，從來沒得選擇。但雖然別無選擇，卻有後果。我們的複雜、世故、藝術、文化、科學、眞理，這些我們喜歡視爲自己偉大的特徵，一切全是我們買來的，而用來購買的錢幣是密謀與欺騙。陰謀和謊言位居我們優越智力的核心，如同蟲子蜷曲在蘋果核裡。

5

你可能認爲如此描繪人類的獨特是任性而不公平的。我們天生偏好密謀和欺騙，這可能是眞的，但我們必定有比較討人喜歡的特徵吧？譬如愛、同理心或利他主義？當然我不爭辯人有這些特徵。不過猿猴同樣也有。但我一直努力確認的不只是人類的本質，而是人類有什麼獨特之處。我們很難證明只有人擁有這些比較正面的特徵。

首先，行爲主義者（除了思想最保守的之外）從豐富的經驗證據得知，所有的群居哺乳動物都能深刻感受彼此的情感。當狼或土狼分開獵食一段時間後再團聚，會飛奔向彼此，一邊尖叫哀鳴，一邊猛烈地搖尾巴。牠們碰面時會互舔口鼻，揮動著四條腿打滾。非洲野狗同樣熱情洋溢，牠們打招呼的儀式包含發出長而尖的雜音、如狂舞者般搖動尾巴、盡情放肆地跳來跳去。而大象團聚時，則是拍打耳朵、轉來轉去、發出低沉隆隆的問候聲。除非你深陷在難以辯解的行爲主義意識型態——堅持將此一意識型態套用在其他動物身上，卻拒絕套用在人身上——否則從以上所有的例子中，你可得出明顯的結論：這些動物眞心關懷彼此，喜歡互相作伴，高興再次見到對方。

有關悲傷的證據同樣有說服力，而且進行越多田野調查，證據就越令人信服。在馬克·貝考夫的《心存動物》一書中，他描述了他在大提頓國家公園研究的土狼群，提到牠們生活中的一個事件：

有一天，媽媽離開土狼群就再也沒回來。她不見了。土狼群焦躁地等了一天又一天。有些土狼焦急地走來走去，彷彿是期盼新生兒的父母親；有的狼出去晃了幾圈，卻隻身而回。牠們朝她可能去的方向走，嗅聞她可能到訪的地方，嗥叫著彷彿在呼喚她回家。那景況超過了一個禮拜，土狼的活力似乎都消失了。她的家人想念她。我想如果土狼會哭的話，牠們應該哭了。

曾有人看到狐狸在埋葬死去的同伴。也有人見過三頭公象站在一頭年紀稍長的母象的屍體旁邊，盜獵者先前殺了母象取走象牙，而牠們在那裡站了三天，撫摸她、試圖叫她站起來。知名的生物學家歐尼斯特．湯普森．塞頓曾利用一匹公狼羅伯失去配偶的哀傷，設下陷阱殺了他。塞頓在成為作家之前專門獵狼，他將羅伯的配偶布蘭加的屍體拖過捕捉線，讓她的氣味散發出去。羅伯回來找他的愛侶，塞頓趁機將他殺了。

你可能會說這些只是軼事。或許吧，但這些軼事已經有好幾千個，而且每天持續增加；這還不算人們講述寵物同伴的那些故事。另外，如貝考夫所說的，無論你用何種合理的方式來解釋「足夠」，這些軼事都多到足以變成資料。一旦你有了足夠的軼事，它們就變成了不一樣的東西：軼事會變成資料。

只要讀過珍．古德的傑作，就能了解猿猴普遍有關懷、同理心、甚至愛等等感覺。比方說，她在《大地的窗口》中描述，小黑猩猩福林特在母親芙羅死後，痛苦地急速衰弱；看到這一段，只要有點愛心的人都不可能不感動。不過，其他哺乳動物也存有這種情緒，而且證據很多。關懷、同理心與愛絕不是人獨有、甚至也不是猿猴獨有的特點，它們在群居哺乳動物的世界裡到處都看得到。

事實上，這種現象有很好的理論基礎。該理論是由達爾文率先舉出的。任何社會群體都需要東西來黏合彼此，那是一種「社會膠」。以群居的昆蟲來說，這種膠包括了兩樣因素：一是昆蟲用來彼此溝通的費洛蒙，二是每隻群居昆蟲比較像是個別的細胞、而非個別的有機體這項事實；每個細胞的福祉甚至身分，都與社群有機體緊繫在一起。但以哺乳動物來說，演化顯然運用了非常不同的策略，牽涉到達爾文所稱的「社會情操」的發展，如關懷、同理心、甚至愛等感覺。將狼（或土狼、非洲獵犬）連結在一起的東西，和將黑猩猩社群或人類家庭結合在一起的東西是同一種。這是我們所有哺乳動物共有的。

然而，我感興趣的不是我們共同有的，而是區別人與其他生物的東西。大多數人相信，甚至可說堅信，將我們和「愚蠢畜生」區分開來的是我們自己大肆吹噓的智力。倘若如此，那麼我們必須了解這樣的智力不是平白得來的。它來自於多年前，我們的祖先走了一條別種群居動物不曾走的路，而這條路鋪滿了欺騙和陰謀。

6

這個對於人類智能來自密謀與欺騙的普遍說法並沒有遭到嚴重的質疑。在《黑猩猩政治》書中，法蘭斯．德瓦爾描寫了他對安恆的黑猩猩社群所做的著名研究，並說明了黑猩猩社群的複雜動態。在社群裡，三隻公的黑猩猩不停爭奪領導權。研究一開始時，耶倫占據了領頭的地位。維持他領導的一個重要因素是母黑猩猩支持他。魯特長時間努力罷黜耶倫，後來獲致成功，也是因爲他不斷侵蝕母黑猩猩的支持。在挑戰領導地位之前，魯特在社群裡處於相當邊陲的位置：耶倫迫使他住在離其他黑猩猩有點遠的地方。而這個社群的動態會改變，關鍵在於另一隻年輕的公黑猩猩尼基長大了，足以和魯特組成聯盟。牠們聯手實行「懲罰」母黑猩猩的策略，換言之，就是予以搥打。這倒不是爲了懲罰而懲罰，而是在證明耶倫無力保護她們。此策略施行了大概四個月後，母黑猩猩開始支持魯特，而我們幾乎可以確定，這是因爲她們受夠了這對聯盟的懲罰，加上耶倫無力阻止他們。

魯特即位後，立刻改變他的政策。當一個領導者，他現在需要改變他對母黑猩猩及其他公黑猩猩的態度。對於母黑猩猩，他仰賴她們全體的支持，因此採取了維持公平的角色。不過對於公黑猩猩，他成爲失敗者的支持方；也就是說，當他調停兩隻公黑猩猩的衝突時，通常都支持失敗者。因此，即使他能升上領導地位是靠著尼基的幫助，但在尼基和其他黑猩猩爭執時，他照例支持另一方。這個政策很合理。兩隻公黑猩猩衝突中的優勝者也許夠強壯，可以直接挑戰魯特的權威。但失敗者卻沒這個問題。而且藉著支持失敗者，魯特增加了他們在未來衝突中支持他的機率。換句話說，爲了鞏固領導的迫切需要，他要和不會挑戰他權力的黑猩猩結盟，來保護自己不受其他會挑戰的黑猩猩的威脅。

最後，耶倫和尼基聯手罷免了魯特。尼基表面上成爲新的領袖，但眞正的權力似乎屬於耶倫。更確切地說，在尼基登上頂峰後，耶倫有效地對抗他，令人懷疑尼基究竟是否掌控一切。尼基愚蠢地施行支持優勝者的政策，而維持和平的是耶倫。例如，尼基準備調停兩隻母黑猩猩的衝突時，耶倫時常攻擊他，甚至可能藉由兩隻母黑猩猩的幫助，把尼基趕走。爲何尼基要忍受這點？他別無選擇：爲了抑制魯特，他需要耶倫。因此尼基是個不曾被母黑猩猩認可的領袖。他也確實經常遭到母黑猩猩聯盟的襲擊。反觀耶倫，他與母黑猩猩結盟是爲了持續對尼基施壓，而與尼基聯手是爲了抑制魯特。誰才擁有眞正的權力非常明顯。

與魯特、尼基比起來，耶倫的高智能在於他能針對多種目標來組成多個聯盟：一個聯盟壓制尼基，另一個抑制魯特。相較之下，魯特與尼基的結盟就顯得簡陋。要成爲眞正成功的猿猴，展現最佳的猿猴智慧，必須能夠密謀對付不只一隻猿猴，還要能對付好幾隻。而最成功的猿猴是，能與某些猿猴共謀，同時又陰謀對付他們。

包括耶倫、魯特所展現的那種不牢靠而善變的聯盟密謀在內，在所有著名的猿猴行爲研究中，欺騙都扮演了中樞角色。在懷特恩和拜恩一項有影響力的研究中（〈靈長類的策略性欺騙對於注意力的操縱〉，刊登在他們的著作《馬基維利智力》中），他們舉出了猿猴常用的欺騙方式，不少於十三種。我們不需要知道每一種細節；有些代表性例子就足以點出猿猴欺騙的特色。

地位低的公黑猩猩（或公狒狒），時常會在地位高的同性面前隱藏勃起的陰莖，同時又故意展露給異性看。爲達此目的，他將靠近公黑猩猩領袖那一側的手臂放在膝蓋上，讓手放鬆地下垂。在這期間，他不停偷瞄其他公黑猩猩。我想我喜歡這個例子，是因爲它令人愉快的低俗：我們只有在猿猴身上能發現這種狡猾和猥褻無與倫比的結合。懷特恩和拜恩將這種欺騙方式歸爲「隱瞞」。這個隱瞞插曲的常見結果是另一次隱瞞：公黑猩猩和母黑猩猩全身隱藏在方便的岩石或樹木後面，偷偷地交配。

還有個不同類型的隱瞞的例子，懷特恩和拜恩稱之為「壓抑注意力」。一群狒狒沿著一條狹窄的小路前進。一隻母狒狒S發現某棵樹上隱約有一叢桑寄生（一種藤蔓植物，是狒狒口中的珍味）。S看也不看其他狒狒，就在小路旁坐下來，開始專心地理自己的毛，讓其他狒狒從她身邊經過。等到他們走出視線，她立刻跳上樹吃掉桑寄生。這就相當於你假裝綁鞋帶，其實是發現地上有張百元鈔票。

7

一邊是聯盟和欺騙，另一邊是智力增加，我們很容易了解這兩邊的關連。聯盟和欺騙的行為都需要你有能力去了解這個世界，更重要的是，了解別人的心理。也就是說，你要能觀察、了解或預測其他人眼中的世界是什麼樣子。

想想那隻低俗的黑猩猩，他一面隱藏自己的陰莖不讓公黑猩猩領袖看見，一面卻展露給母黑猩猩看。要做到這件事，他一定對公黑猩猩領袖的視野有所概念。也就是說，他一定了解公黑猩猩領袖有視力，了解對方能看到的東西不見得和其他黑猩猩能看到的一樣，也了解對方能看到的取決於跟其他黑猩猩的關係。所以，要成功地隱瞞，黑猩猩必須有起碼的概念，知道其他黑猩猩在想什麼。靈長類學家談到猿猴令人印象深刻的「讀心」能力時，指的就是這種能力。

在上一節第二個欺騙的例子中，讀心能力的老練程度又上升了一兩級。爲了抑制自己不去看或注意，狒狒S不只必須了解其他狒狒可能看到桑寄生，她也必須了解其他狒狒可能看見她在盯著桑寄生看。也就是說，S了解到其他狒狒可能明白她看見什麼重要的東西在樹上。S看見桑寄生，這是所謂的第一階表徵：S已形成對這個世界的視覺表徵。假如她的同伴了解到S正在看一樣有趣的東西，那他們就形成了對「她對世界的表徵」的表徵，也就是第二階：表徵的表徵。然而，當S了解到，其他狒狒可能知道她看見有趣的東西時，就是表徵的表徵的表徵：第三階表徵。

再舉一個懷特恩和拜恩的書中更令人印象深刻的例子。有人正要餵食香蕉給某隻黑猩猩，姑且稱爲黑猩猩一號。香蕉裝在可從遠處打開的鐵盒子裡。當盒子打開時，另一隻黑猩猩（黑猩猩二號）出現了。黑猩猩一號迅速蓋上鐵盒走開，在幾碼外坐了下來。黑猩猩二號離開現場，但隨即藏身在樹後面，觀察黑猩猩一號。等一號一打開盒子，二號立刻襲擊，搶走一號的香蕉。一號能看出二號知道一號在注意二號，這是第三階表徵。但二號能看出「一號看出二號看出一號在注意二號」，這顯然是非常出色的第四階表徵。

我們也能從猿猴組成聯盟或互相對抗時，輕易觀察到跟上述同一種看穿其他動物心理的能力。任何成功的結盟，就算是簡單的結盟，關鍵都在於不只要理解你的行爲將如何影響別人，也要理解你的行爲會引起別人什麼回應。換言之，你必須了解「你做的事」和「別人因爲你的行爲而將會做的事」這兩者之間的關係。魯特和尼基對付社群內雌性成員的暴力活動就是一例。明白這點，就等於明白你的舉動如何爲其他人的舉動提供理由。所以，即使是組成簡單的聯盟，也需要了解你的猿猴同伴的心理。

簡言之，我們在猿猴身上發現智能增加，但顯然沒在別的群居生物身上發現，原因是兩種驅力：密謀勝過自己被密謀對付，說謊好過自己被欺騙。猿猴智力的本質無可挽回地是由這些驅力形成。我們變得比較聰明，這樣才能更了解同儕的心理，才能欺騙、利用他們以達成自己的目標；當然，這也正是他們在想辦法對我們做的事。我們擁有的其他一切，包括我們對自然世界的了解、我們的知性與藝術創造能力等等，都是隨之而來的結果。

8

寫到這裡，還有一個最有趣的問題尚未解答。或者應該說，有個最有趣的問題還沒問。狼爲什麼忽略了讓猿猴如此有效提升智力的那條路徑呢？關於這一點，專家們聳聳肩。有些專家猜測可能跟狼群的大小有關。但這僅僅是朝答案的方向比個含糊的手勢。沒有人曾解釋清楚群體大小和渴求密謀與欺騙這兩者之間的關連。我有另一個想法，那是一個假設：從猿猴相關文獻的字裡行間，緩慢浮現出的假設，雖然隱隱約約卻仍可察覺得到。

魯特正在對一隻母黑猩猩獻殷勤，而身爲正式領頭的尼基正躺在大約五十碼外的草地上。你大概可以預料魯特調情的花招：他在對母黑猩猩炫耀他勃起的陰莖，並且背對著尼基，如此一來，尼基便無法看見發生什麼事。但尼基起了疑心，站起身來。魯特緩緩從母黑猩猩身邊移動幾步，然後坐下來，背再次朝著尼基。他不希望尼基認爲，他是因爲發現尼基的動靜才移動。儘管如此，尼基仍慢慢走向魯特，途中順便撿起一塊沉重的石頭。魯特偶爾四處張望一下，追蹤尼基的進展，然後低頭看著自己逐漸下垂的陰莖。魯特等到陰莖疲軟了才轉身走向尼基。之後，爲了證明他是多麼有膽量的黑猩猩，他先嗅一嗅那塊石頭才離開，留下尼基單獨和那隻母黑猩猩在一起。

爲什麼狼忽略了我們走的演化路徑呢？以上事件（還有許多類似的案例）提供了我們明確的答案：性與暴力。這個答案造就我們成爲今日的男人和女人。就算是幸運的狼（領頭的雄性或雌性）一年也只能有一兩次的性。許多狼不曾有過性，也沒有明顯表現出想念性或因爲被迫禁欲而怨恨的樣子。我身爲猿，不大能夠客觀看待性。但我們來想像有一位來自火星的動物行爲學家吧，他從事狼的性生活與人類性生活的比較研究。難道他不會推斷出：從許多方面來看，狼對性的態度根本上是審愼而有節制的，牠們有性的時候就享受，沒有的時候也不會想念？假如我們把狼換成人，把性換成酒精，我們可能會說，人類有辦法培養出健康的態度，有效地控制在過度沉溺及壓抑的戒酒兩種惡習之間。但我們無法讓自己如此思考性。沒有性的時候，我們當然應該想念它，我們不得不去想；想念性是自然的、是健康的。我們會如此想，因爲我們是猿。與狼相較，猿沉迷於性。

爲何有這種現象呢？這是個有趣的問題。或許只是狼不知道牠們要想念什麼。至少我心裡的猿是這樣想。母狼的生殖週期一年只有一次，整個週期維持大約三個禮拜，母狼只有在中間那一週才會受孕。不管在哪個狼群，通常只有領頭的母狼才會進入生殖狀態。而箇中原因還不明朗。有的研究人員提出，這是一種由身分地位所造成的社會壓力，妨礙地位低的雌性進入生殖週期。但這僅僅是猜測而已。

另一方面，猿猴一般都知道牠們渴望什麼。但可憐以前年輕時的布列寧：他受到誤導，不斷嘗試與土斯卡路沙的每條母狗交配，卻老是受挫；他拒絕基於品種或體形大小而有差別待遇；他完全蔑視單純的身體可能性所強加的限制。他還沒掌握如何以健康、克制的態度對待性，那是我們剛剛假想的火星動物行爲學家所讚美的。他一定知道自己在渴望某種東西，否則那一切努力的意義是什麼？但，由於我持續的警戒，他無法知道究竟渴望的是什麼；未來好多年他都無法知道。

一旦你確實知道自己渴望什麼，你自然而然就會將性和繁殖分開，這是布列寧無法做到的。布列寧是受到盲目的遺傳衝動的刺激，而不是因爲知道隨之而來的歡愉，他對那一點也不熟悉。但我們猿猴深知那種歡愉。對狼來說，歡愉是本能需要繁殖的後果。猿猴顚倒了此一因果關係。對猿猴而言，繁殖是本能想要獲得歡愉時，偶爾會有的（有時候甚至令人爲難的）後果。這種因果倒置當然沒有錯。不同的物種對繁殖與歡愉的關係本來就有不同的看法。但它們也不一定就是對的。

不過，猿猴的因果倒置有個明確的後果。猿猴想要陰謀和欺騙的動機遠遠大於狼。猿猴是用這兩種手段，來滿足伴隨著因果倒置而來的渴望。這倒不是說他們不會爲了性以外的目的去陰謀和欺騙。前面我們就看見狒狒S爲了取得美味的桑寄生而如何欺騙。然而，我們想搞清楚的是猿猴和狼有何不同。狼如同猿猴一樣，會受到隱匿的食物儲藏地點所吸引，但牠不像猿猴會用欺騙的方法來獲得食物。因此結論似乎是，猿猴的欺騙能力是在不同的環境下、爲了不同的理由所得到的。而我認爲，其環境和理由有一部分來自於猿猴顚倒了歡愉與繁殖成功的因果關係。

人類的思想（不單是西方的思想）一邊是理性或智能，另一邊是歡愉或享樂，整個思想的歷史便是圍繞著兩邊的差別而發展起來。歡愉或享樂被歸入下流或獸欲的範疇。是智能或理性才讓我們成爲人，將我們和自然界的其他生物區分開來。然而我認爲，理性和歡愉的關連比我們願意承認的要緊密得多。理性有一部分是我們渴望歡愉的結果。

猿猴想要陰謀與欺騙的動機比較強烈，而這麼做的風險同樣也比較高。尼基不會溫和地斥責魯特；他撿起沉重的石頭，就是爲了能更猛烈地搥打魯特。在討論猿猴驚人的陰謀和欺騙時，時常忽略了他們的陰謀方式往往帶著某種惡意。而這種惡意在狼的生活中看不到。

布列寧和鬥牛犬橄欖球的爭鬥是衝動、一時的爆發。這並不是說，即使牠們有機會，也不會殺了彼此。我不知道也不確定，如果允許牠們繼續鬥下去，是否會造成死亡；但就算有一方死亡，我也不會驚訝。然而，就算死亡是打架的後果，也不表示這個結局是蓄意造成的。布列寧和橄欖球純粹是脾氣失控了。牠們互相侵犯是激憤下的罪行，是盛怒之罪。

假設布列寧和橄欖球、尼基和魯特都是人類。他們在法庭會有什麼樣的遭遇呢？布列寧和橄欖球會因爲脾氣失控而被判刑。如果尼基只是一看到魯特對母猩猩施展魅力，就勃然大怒當場攻擊他的話，可能會被判類似的刑責。但是尼基在走向魯特時撿了石頭。倘若他就這樣去攻擊魯特（魯特任何明顯的言行失檢，無疑都足以讓尼基做這件事），那麼他將會、也應該被判更重的罪刑。撿石頭顯示了意圖；依法足夠證明他是預謀的。尼基的罪行是冷血，而非一時激憤。假如是明理、有同情心的法官，那麼布列寧和橄欖球的爭鬥若造成死亡，他會判勝利者過失殺人。但尼基手中握有石頭，動機是預懷的惡意，所以法官會以謀殺罪發落。我想狼和猿猴的惡意的差別，基本上就相當於過失殺人與謀殺的差異。

許多猿猴的互動充滿了預懷的惡意，因此不由讓人斷定這是猿猴性格獨有的特色。事實上，或許猿猴對世界唯一最偉大的貢獻（猿猴將因爲這唯一確定的貢獻而永遠被記得）是發明了預懷的惡意。如果顚倒繁殖和歡愉的關係是猿猴倒置了因果，那我們也該將預懷惡意視爲猿猴的發明。

當你面臨有能力預懷惡意的生物時，陰謀和欺騙就變得更重要。假設你站在魯特的立場，尼基朝你走過來，手中拿著武器。若魯特是一匹狼，事情就簡單得多。雄性領袖可能會攻擊，但魯特只要表示屈從就能輕易避開嚴重的懲罰。但如果尼基不相信魯特的欺騙，那麼無論如何他都會無情地毆打魯特。無論魯特多麼可憐地道歉、無論悔恨的表情多麼眞誠，結果還是一樣。狼很快就原諒並忘懷；但猿猴是由預懷的惡意所驅動，不會那麼容易平息下來。猿猴對同儕殘忍，狼卻不會，也永遠做不到。

9

十八世紀普魯士哲學家康德寫道：「兩件事總是讓我心中充滿驚奇：我頭上的星空，和我內心的道德規範。」康德的想法並非不尋常。檢視人類思想的歷史，會發現我們重視兩件事超越一切。我們重視智能：它讓我們能理解頭上星空的運行，以及許多其他事情。我們也重視道德觀：分辨是非善惡的觀念，以及向我們揭示道德規範內容的觀念。我們自認，智能和道德區別了人與所有其他的動物。我們是對的。

然而，理性和道德並非完全成形，如愛芙羅黛蒂（譯注）般直接從海浪中升起。我們的理性既獨特又驚人，但它同時也是豎立在暴力及渴望歡愉之基礎上的超大建築物。在尼基身上，我們也發現極微少的未成熟道德觀念：原始的正義感。魯特避開了嚴重的毆打，是因爲尼基找不到足夠的理由對付他。正義感首先出現在猿

譯注：愛芙羅黛蒂（Aphrodite）：希臘神話中掌管愛與美的女神，也就是羅馬神話中所說的維納斯，傳說中愛神是由海浪中的泡沫孕育而生，而且一誕生就完美無瑕，不必歷經懵懂無知的嬰兒期和童年期。

猴身上並非意外。當一隻猿猴預懷惡意地攻擊另一隻，且受害的一方無法以慣例和解的姿態避開，那麼這種攻擊必然不能時常發生；如果它常常發生，社群很快就會瓦解。於是，因爲猿猴惡毒、暴力的性格，我們反而在牠們身上發現至少有一種敏感正在萌芽。尼基心中有一部分（儘管不太明顯）認定，攻擊魯特必須要有根據，也就是要出現適當的證據。這項證據爲他的攻擊行爲提供了合理的藉口，使攻擊成爲正當的行爲。根據、證據、合理性、正當性：只有眞正惡劣的動物才需要這些概念。動物越討厭、越惡毒，就越無視於和解的機會、越需要正義感。憑自己的力量站著，獨自站在自然界中，我們發現猿猴是唯一一種夠討厭而變成道德動物的動物。

我們最好的部分來自最差的部分。這不一定是壞事，卻是我們可能要記在心裡的事。

第四章 野獸之美

在我最好的時光，我是匹幼狼，嘶吼著反抗將我擊倒在地上的比特鬥牛犬。我嗥叫是因爲知道痛苦來臨，而痛苦是生命的本質。我怒吼是因爲知道我只不過是匹幼狼，生命之犬隨時都能將我的頸子像根嫩枝一樣折斷。但嗥叫也表達出我的意志，無論發生什麼事，我絕不讓步。

1

布列寧還小的時候，他最喜歡的遊戲是偷走沙發或扶手椅上的坐墊。如果我在別間房間，也許是在書房工作，他會出現在門邊，嘴裡叼著坐墊，一知道我看見他，馬上拔腿就跑，穿過客廳、廚房，最後跑出去到外面的花園裡，讓我在後面狂追。這個追趕遊戲可以持續好一會兒。我已訓練他把東西丟下，這是「走開！」命令的作用之一，所以我隨時可以叫他丟下坐墊。但我不忍心；況且，遊戲好玩多了。他會在花園裡衝來衝去，耳朵向後，尾巴藏得低低的，眼睛興奮得發亮，而我徒勞地在後頭砰砰追著他跑。布列寧三個月大之前，還滿容易被抓到的，所以我只是假裝他跑得太快了而追不上。但假裝漸漸變成眞實。很快地他會擺動身體來混淆我，佯裝要去這邊，實際上卻是去另一邊。等我搞懂他的詭計，擺動會變成雙重搖擺。最後遊戲變成了一連串模糊的擺動和虛晃、雙重虛晃、三重虛晃，虛晃中有虛晃。當布列寧正在興頭上，準備好大玩一場時，我非常確定他不知道自己下一步要做什麼。因此很明顯的，我也沒有頭緒。這種腳步橫跨的練習替我打橄欖球的技巧創造了奇蹟。我以前打球的觀念一向是撞倒對手而不是繞過他們：我是所謂的攻擊手。這在英國行得通，但在美國就不怎麼行，因爲美國的對手普遍高大許多，且從小打美式足球長大，而美式足球中的擒抱動作是非常凶猛的。不過，他們更容易被混淆，因此從布列寧那裡得到的一切指導，讓我變成美國東南部一個腳步靈活、擅長橫跨的高手。

我抓不到布列寧，讓他後來替遊戲創造新玩法時，一開始就表現得有些趾高氣昂。在我相當疲憊之後，他會面向我站著，把坐墊扔在我們兩個中間，意思是「去吧」、「拿去啊！」我一彎下身子要撿起坐墊，他馬上跳過來，攫住坐墊，追逐遊戲又會重新開始。無論我彎腰搶坐墊的動作多迅速，布列寧總是比我快上那麼一點點。這是個有用的技巧，可轉移到別的用途上：他曾趁我一時不注意，從廚房偷了一隻剛煮好的雞，拿來玩同樣的遊戲。當然，我可以叫他放下。但那有什麼意義？雞進到他嘴巴後，我實在一點也不想吃，於是我們還是玩了追逐遊戲。

有些職業馴獸師極端憂慮地看待我們的遊戲。我知道是因爲他們曾如此對我說。他們反對的理由有兩點。第一，遊戲本身很可能讓布列寧更容易興奮，這絕對不是你想在狼身上激發出來的特點。第二，我抓不到布列寧，可能使他斷定自己的身體比我優秀，因而導致他企圖爭取領導地位。或許這些擔憂是合理的，但在布列寧身上從未成眞。我認爲這是因爲遊戲總是按照定義明確的儀式來進行，也就是有清楚的開始和結束。如果我在客廳，我絕不允許布列寧拿坐墊。要是他嘗試這麼做，只會聽到我堅決地說：「走開！」這讓他明白，遊戲只能在特定的時候玩。而且遊戲總是有明確的結尾。我會說：「ＯＫ，結束了！」再叫他把坐墊拿給我、放下。然後我們會走進屋裡，我會給他一些好料，加深他遊戲結束的印象，也讓他聯想到結束後總會有好東西。

這一切順利地進行了一陣子。然而，到他差不多九個月大的時候，他決定將遊戲帶到下一階段。某天早上，我在書房寫作，聽見客廳持續傳來響亮的砰砰聲。原來布列寧不滿足於只拿坐墊到花園去，他認爲或許把扶手椅一起帶去是個好主意。砰砰聲響就是他努力想把椅子拖過門框時，椅子再三撞到的結果。於是，我領悟到布列寧需要更激烈的娛樂方法；而我的假設是，考慮各種狀況後，布列寧時常筋疲力盡對我們兩個是最好的。於是我們開始一起跑步。

2

經常讓狼筋疲力盡是一種控制牠的方法。但你只要思考片刻就知道，這不是非常好的辦法。無可否認，跑步一開始的確讓布列寧累垮了。我也累，但我的累不是那麼重要，因爲想把家具拖到外面花園裡的不是我。另一方面，布列寧越來越強健，因此越有辦法在一定的時間內大肆破壞房子和裡頭的物品。很快地，以前讓他累壞後陷入熟睡的跑步，現在被他視爲和緩的放鬆操。於是跑步的時間無可避免地越拉越長。但布列寧只是變得更強健；你大概看得出這造成什麼結果吧。

腳踏車是另一個選擇。但想當初在阿拉巴馬，人們並不怎麼喜歡腳踏車。我在一次差點斷頭的事故中發現了這個事實：我騎在腳踏車上，對方是幾個喝醉酒的鄉下人，帶著棒球棒，駕駛著一輛敞篷小貨車。那時期在阿拉巴馬，只有左傾分子、共產黨員和尿床的嘻皮才會靠自己的推進力前進。因此在那節骨眼，腳踏車不是我衷心想探究的一項選擇。

所以我繼續跑步，布列寧繼續跟著我跑。我們兩個都變得更強健、更精瘦、更結實。但這個讓我投入新健身運動的實際動力，卻迅速地轉變成其他東西。當我們一起跑步時，我發現了一件事，它強烈衝擊著我且令我受挫：我眼前這頭生物，毫無疑問地、明顯地、無法補救地、絕對地在最重要的方面勝過我。這項發現是我人生的轉折點。我是個自信的傢伙。假使人們不認爲我傲慢（但也許他們眞如此認爲），那只是因爲我善於隱藏。我不記得曾在任何一個人類面前有如此受挫的感覺。那一點也不像我。但現在我發覺，我希望自己更像布列寧。

我的這項領悟基本上跟美學有關。我們跑步時，布列寧會以優雅、簡約的動作滑過地面，我從來沒看過狗有這種動作。狗小跑步的時候，無論步伐多麼文雅、有效率，腳部的動作總是有些微垂直上下的感覺。假如你養狗，下次帶牠出去散步時仔細觀察一下：當牠的腳往前時，同時會上下移動（不管那多麼輕微）。而腳部的動作會傳送到牠肩與背的線條上，你會發現狗往前走時，肩背也同時上下擺動。狗的品種不同，擺動的樣子也不同：有的很明顯，有的幾乎難以辨識，如果你看得夠仔細，總是會發現的。但在布列寧身上，你看不到這樣的動作。狼利用腳踝和大腳來推動身體前進，腿部的動作少很多，腿就能保持挺直，往前後移動而不會上下擺動。所以，布列寧小跑步時，他的肩與背一直是平坦的。從遠處看來，彷彿他飄浮在地面上一兩吋。當他特別快樂或洋洋得意，他的動作會轉變成誇張的跳躍，但起始動作仍是滑行。如今布列寧走了，當我試著描繪他時，卻很難提供這幅畫所需要的細節，好讓它具體、生動，但精髓仍陪著我。我仍然看得見：清晨阿拉巴馬的薄霧中，一匹幽靈似的狼輕鬆滑行在地面上，無聲、流暢、平靜。

對照之下，跑在他身邊的那個猿猴，吵雜、笨重的砰砰腳步聲變得非常明顯或鬱悶。我希望能夠悠閒地奔跑。我想要滑行地面，好像飄浮在地面上一兩吋。但無論我變得多擅長跑步（我變得非常會跑），都永遠達不到那個境界。亞里斯多德曾區分植物的靈魂與動物的靈魂，他聲稱植物僅有營養的靈魂，作用是把食物吸收進來、消化然後排泄；但動物的靈魂則是活動的靈魂。我認為他以動作來描述動物靈魂的特徵並不意外。我學生時代聽人說，亞里斯多德這項主張只是指動物四處移動、植物則否，但我不這麼想。大體來說，他不是陳腔濫調的愛好者。我倒是認為，假如你想要了解狼的靈魂（狼的本質、狼究竟是什麼），那麼你應該注意看狼移動的方式。我悲哀地領悟並且遺憾，猿猴暴躁、粗野的忙亂舉止，正顯露出埋藏在底下的暴躁、粗野的靈魂。

儘管有這個令我遺憾的品種欣羨的事實，不過我的身體也正持續急速地變化。布列寧到了一歲時，站起來的肩膀高度是三十四吋，體重一百二十磅。等他發育完全，又再高了一吋，體重則增加了三十磅。他強壯得驚人。因此我也必須變得更強壯。一方面，我不能讓他挑戰領頭的地位；另一方面，他跟其他狗在一起時，我有責任讓他守規矩。像那次的橄欖球事件很少發生，主要是因爲布列寧會照我要求的去做。而我打算繼續保持下去。所以一週有四、五次，我會將布列寧托給別人幾個小時，自己跑去健身房鍛鍊。我這輩子不曾如此努力健身過。所以到布列寧一歲而我二十七歲時，我身高是五呎九吋（從十二歲以後就沒有改變），體重二百磅，體脂肪率是百分之八，臥舉可舉三百一十五磅。

　　我也能彎舉至少一百二十磅。我知道這點不是因爲我在健身房練習時發現，而是因爲我用來隔開布列寧和別隻狗的方法。如我之前說的，眞正的打架很少發生。但我變得相當擅長預測何時將會開打。那時我會抓住布列寧脖子兩邊，把他抬離地面，將他的臉抓到我面前。我會直盯著他琥珀色的眼睛，低聲說：「孩子，你想要找我單挑嗎？」這聽起來實在太有男子氣概了！我自認爲如此。倘若你一個禮拜上健身房五天，每個禮拜都去，你的體內就會有很多睪丸激素在竄動。除了施展男子氣概，還要配合另一個方法。狼父母會叼起幼狼的頸部，而幼狼會停止掙扎，任由父母提著自己到處走。於是我用這個方式將他抓起來，便是在強調一個事實：我是彼此關係中的父親，他應該同樣地停止掙扎。我想布列寧很清楚眼前的狀況：我給他一個容易了解的局面，清楚地終結他腦袋裡想的事情。事實上，這個方法必須有他積極的合作才有效。他起碼和我一樣高，所以我能把他從地上舉起來，只是因爲當我抓住他的脖子準備要抬舉時，他會蜷縮起後腳，就像從魔術師帽子裡被拉出來的兔子一樣。

3

阿拉巴馬的夏季漫長、炎熱且極端潮溼。某天下午，我決定去跑步。我破例不帶布列寧出門。過去幾天他身體一直有點不適，我不希望冒險讓他頂著暑熱和溼氣。布列寧強烈反對我的決定，表現出他很不滿。但我把他留在家裡，有個女朋友照顧他。

在經過顯然短暫的反覆試驗之後，布列寧成功打開花園的門，基本上是把門的鉸鏈撞落，跟著我衝出來。因爲我們沒有固定的跑步路線，每天都會換，所以我推測他是跟蹤我的氣味。我是在跑了十分鐘左右，聽到尖銳刺耳的煞車聲，緊接著是令人不舒服的響亮重擊聲。我回頭看見布列寧躺在路上，被一輛雪佛蘭開拓者（Blazer）撞到。在此爲不是美國人的讀者解釋一下，開拓者是運動休旅車。歐洲的類似車款是沃克斯豪爾／歐寶的前衛（Frontera）。但開拓者是美國產的，車體比較大。那輛車幾分鐘前才以時速（據我估計）大概四十到五十哩從我身邊駛過。布列寧在路上躺了驚心動魄的幾秒鐘，嗥叫著，然後自己站起來跑到路邊的樹林裡。我花了將近一個小時才找到他。但當我找到他時，他已無大礙。我們的獸醫珍妮佛確認他有幾處破皮和擦傷，但沒有骨折。過了一天左右他就恢復正常。事實上，那輛開走的雪佛蘭顯然比較慘。

開拓者可能足以撞死我。但布列寧身體上的傷痕才幾天就痊癒，而且，心理上似乎一點創傷也沒有。撞到後隔天，他就纏著我帶他去跑步，此後也從未害怕路上飛馳而過的車子。不管在生理或心理上，布列寧都是非常強壯、沉著的動物。在我告訴你下一個故事時，希望你記住這一點。

那故事是發生在幾年後，我們搬到愛爾蘭的科克，一起沿著黎河河岸跑步。我們將黎谷公園拋在身後，跑向河邊成排的母牛牧場。大多數人認爲母牛是腦筋遲鈍的動物，牠們的一生就是死氣沉沉地四腳站著、嘴巴嚼著、雙眼瞪著。但布列寧和我知道牠們不一樣。有時，陽光正好，風帶來夏天的承諾，牠們會忘記自己是什麼，忘記萬年的選拔育種把牠們造就爲何，然後跳起舞來，高歌慶賀那活著的感受，在每個如今日美好的日子。

母牛似乎非常喜歡布列寧；他顯然也回應牠們的情感。在這般的春日裡，牠們無論何時看見我們，都會從牧場最偏遠的角落蜂擁而上，低聲哞哞地打招呼歡迎。我猜想是因爲牠們的小牛從身邊被強行奪走（牠們是乳牛），所以錯把布列寧當成自己的小牛，以爲浪蕩的少年終於回到碧草如茵的家園。但布列寧也許認爲牠們把他當神：*母牛之神*。不論理由爲何，他會小跑步到牠們身旁，在每一隻母牛溼溼的大鼻子上舔一下。他或許不喜歡狗，但眞的很喜歡母牛。

牧場上有通電的圍籬防止母牛跑出去。我們跑回家時，我緊緊抓住布列寧的項圈，因爲我看見那隻大型的聖伯納犬「帕可」就在前方。表面上布列寧仍對所有大型的公狗懷著敵意，所以我可不想花費精力把他們兩個分開。我抓緊他的項圈後，一起躲到電籬笆底下。我的手肘擦到籬笆，電擊傳到布列寧身上。布列寧突然間毫無威嚴地跑開，就好像燙到的貓，而不像母牛之神。他直接飛奔過有點困惑的帕可身邊，一直跑到幾哩外我的車子邊才停下來。他在那裡等著我又喘又急地回去。我們一年中有大半日子跑同樣的路程，不管雨天或晴天，但他後來再也沒去牧場。他斷然地拒絕，無論我用什麼方式哀求、賄賂或強迫，他都不肯更改決定。顯然電流對狼來說有多麼恐怖，牠們恨透了。

你可能認爲布列寧只是有點誇張，畢竟，那只是輕微的觸電。假如你這麼想，請回憶一下那輛雪佛蘭開拓者。對布列寧而言，輕微的觸電比被運動休旅車撞到要嚴重多了。

4

倘若你想明白人爲之惡是如何純粹、精巧和放肆，你可以看看穿梭箱。這是一個酷刑工具，由哈佛心理學家R．所羅門、L．卡明與L．韋恩發明。箱子裡包含兩個隔間，由柵欄隔開，隔間內的地板都是可通電的鐵絲網。所羅門他們將一隻狗放進其中一個隔間，然後給牠的腳來個強烈的電擊。狗會本能地從這個隔間跳到另一個隔間。接下來他們會一再重複這個程序；一次實驗中通常要重複好幾百次。然而，狗一次比一次更難跳過，因爲實驗人員會逐漸加高柵欄。最後狗跳不過去了，跌倒在通電的鐵絲網上，氣喘吁吁、四肢抽搐、放聲尖叫，受到嚴重的傷害。穿梭箱有另一種變化的版本：實驗者將柵欄兩邊的地板同時通電。無論狗跳到哪一邊，都會被電到。不過，因爲電擊的疼痛太劇烈，狗仍想盡辦法逃脫，不論是否徒勞無功。因此狗不斷從一邊通電的鐵絲網跳到另一邊。研究人員在記錄實驗時，描寫狗「預期地發出刺耳尖叫，落到通電鐵絲網地板上後，轉成短促的哀號」。最終的結果是同樣的：狗兒筋疲力盡，躺在地板上，撒尿、排便、吠叫、顫抖。這樣的試驗做了十到十二天後，狗不再反抗電擊。

如果所羅門、卡明與韋恩被發現在家中私下做這個實驗，他們將會被起訴、罰款，可能還會被判禁止養寵物五到十年。他們應該會進監牢。但因爲他們是在哈佛實驗室做研究，所以反而得到了學術成就這個可疑裝飾的犒賞：舒適的生活、豐厚的薪水、學生的崇拜以及同儕的嫉妒。虐待狗成就了他們的事業，孕育了一整個朝代的模仿者。這類實驗持續了超過三十年。最有名的仿效者是馬丁·賽里格曼，他近來曾擔任美國心理協會主席。不過賽里格曼不再做同樣的實驗。快樂是他現在的主題。當然，狗不會現身在令牠們愉快的實驗中；研究員只讓牠們出現在討厭的實驗中。

為什麼人允許這樣的虐待發生？為什麼這樣的實驗被視為有價値的研究？專家認為這些實驗建立了憂鬱症所謂的「習得的無助」模式：憂鬱是可以學習而得的症狀。有好一陣子，心理學家將這項理論視為非常重要的成果。然而，沒有人曾眞正從這些實驗中獲益。最後，在經過三十年以電刑處死狗和其他實驗動物之後，這個模式被斷定經不起仔細的審查。

我認為，我們在這些實驗中發現了具有啓示的人為之惡的本質。

5

近來，邪惡的處境很艱困。倒不是說我們周遭沒什麼邪惡；恰恰相反，其實是許多號稱聰明的人不願承認邪惡的存在。他們認為邪惡是過時的中世紀遺物，一種撒旦散發出的超自然力量：撒旦將邪惡悄悄滲入男人與女人的心中，來完成他的惡魔勾當。因此今日，我們傾向將邪惡置入引號中。我們所說的「邪惡」要不是醫學問題（某種精神疾病的結果），就是社會問題（一些社會不適的結果）。這產生了兩種推論。第一，「邪惡」只存在於社會的邊緣，在那些心理弱勢或社會弱勢者身上。第二，邪惡不是任何人的錯。若有人做出我們覺得可能是「邪惡」的事，是因爲他們沒有辦法對自己的行爲負責。他們若不是心理有病，就是社會環境讓他們別無選擇。他們或許是在醫學上或社會上不正常，但他們不是道德上的邪惡。邪惡從不是它表面上看起來的那樣；邪惡總是別的東西。

我認爲那全錯了。這種看似開明的現代邪惡概念遺漏了非常重要的事。我不是要爲中世紀將邪惡當成超自然力量的觀念辯護。我認爲，現代邪惡概念的兩個中心主張——邪惡只存在於社會邊緣，以及邪惡不是任何人的錯——是無法證實的。取而代之，我要提出一個關於邪惡的解釋，簡單到足以騙人。第一，邪惡存在於非常壞的事物裡。第二，邪惡的人是因爲自己有某種缺失，所以做出非常壞的事。

我們就先開始了解，我們怎麼變得如此懷疑邪惡的概念。現代邪惡概念的基本想法是，邪惡的行爲需要邪惡的人，而邪惡的人必然有邪惡的動機才會行動。假使你因爲生病或不能適應社會而無法控制你的動機，那你就沒辦法控制行爲。這種將邪惡行爲與邪惡動機連結在一起的說法並非意外。它可以回溯到中世紀時期的劃分：「道德」的邪惡與「自然」的邪惡。中世紀的哲學家，譬如阿奎那，曾說邪惡（他們認爲包括了痛苦、苦難及相關的現象）可能由兩種不同的東西造成：自然事件和人爲作用。地震、洪水、颶風、疾病、乾旱等等，全都能造成長期嚴重的苦難，被歸類爲自然的邪惡。它們不同於人爲作用所產生的痛苦；中世紀哲學家稱人所做的惡事爲道德的邪惡。但作用（或者說是行動）的概念牽扯到動機或意圖。地震或洪水沒有動機，也不會行動，只是發生而已。另一方面，人會行動，能做一些事情。而做事情與任由事情發生在你身上不一樣，它需要有動機。從樓梯上摔下來不是你做的事情，而是發生在你身上的事情。眞正的行動需要動機。因此人們推論（雖然不完全嚴謹），邪惡的人就是依照邪惡動機行動的人。

這是經過深度思考過的道德邪惡的概念。我的朋友、也是最優秀的哲學家之一柯林·麥金提供了很好的例子，他將道德邪惡解釋爲實質上是種幸災樂禍：因他人的痛苦、苦難或不幸而感到快樂。（雖然，公正地說，我不認爲麥金存心讓這論點成爲道德邪惡的一般解釋）。這似乎是個了解邪惡的好方法。然而，樂見他人的痛苦、苦難或不幸就一定是邪惡嗎？這種幸災樂禍的人就跟邪惡的人一樣是對我們的警戒嗎？其實我不認爲這個概念行得通。

一名年輕的女孩在童年時長期受到虐待，她從年紀非常小就經常被父親強暴。驚愕之餘，你可能會問（我也這麼問）：事情發生時，她母親究竟在做什麼？難道她不明白出了什麼事嗎？女孩的回答讓我心寒到骨子裡，甚至到今天，我一想起來仍是如此。她家常見的景況是：父親喝醉回家，滿嘴惡言，一心想打架，母親會叫她進去裡面滿足他。每當我需要有個人類邪惡的影像牢牢出現在腦海時，我只要想到這個婦人叫她女兒進去滿足他就夠了。

這裡涉及兩種邪惡的行爲：父親重複好幾回的強暴，以及母親主動的共謀。很難看出哪種比較惡劣。母親肯定是受害者，但她的惡是否就比較輕微？她用女兒的身體、純眞以及幾乎所有的未來幸福，來換取自己從兇惡丈夫身邊短暫的解脫。我們必定認爲，她的邪惡是受到恐懼的刺激，而不是因爲她樂於見到女兒的苦難或不幸。但這不能改變事實：她的行爲跟人們能想像出來的一樣邪惡。當你假設受害者不可能邪惡時，只要想想這個例子。倘若這對父母都不邪惡，那很難想像有誰是邪惡的。

不論是父親或母親的行爲，這種邪惡都無法依據動機來正確地解釋，至少不是依麥金認定的那種動機。誰知道女孩父親的動機是什麼？他可能明白自己的行爲是邪惡的，也可能不明白。假設他不明白，假設他可能因爲自己在類似的環境中長大，所以認爲這是家庭生活中完全正常的一面。或許他以爲事情本來就該如此。可能他認爲這是他的權利，身爲將女兒帶到世界上的父親，他對她有絕對的所有權——創作者對作品的權利。說不定他認爲自己是在幫助女兒，盡可能以培育的態度來調教她，爲她未來的性生活做準備。

而我只想說：誰在乎他想什麼？根本沒必要去揣測他的動機。就算他認爲自己沒有做錯事，或甚至他認爲自己的行爲是對的，也絲毫不能減輕他的惡。他的行爲仍是你可想得到的最邪惡的罪行之一。

你有可能邪惡，如同那位母親，因爲你未善盡保護的責任，不管你覺得多麼恐懼也一樣。你有可能邪惡，如同我們全憑推測重建其動機的那位父親，因爲你笨到無可救藥。但無論是哪種情況，你的邪惡都與樂見他人的痛苦、苦難或不幸無關。我認爲，存心的惡意與邪惡的本質沒什麼關連。倒不是說惡意在邪惡的行爲上沒有扮演任何角色；顯然它在某些案例裡面的確有。但我的重點是，這些案例相較之下算少數。

現在讓我們想像往未來快轉幾年，從女兒受苦的時間點來到父母親的審判時候。假設那對父母親最後遭到逮捕、接受刑罰（至於刑罰是否足夠，又是值得爭論的問題）。我不確定在這種情況下，女兒會有何種情緒。我預期可能會有點複雜。

但假設沒有，假設她絕對的高興。並且，假設她高興不是因爲想到漫長的刑期可能使他們康復（他們終於能夠得到需要的幫助）。假定她感到欣喜不是因爲至少現在他們無法對其他人做同樣的事。她高興也不是因爲他們被判刑可能對其他戀童癖有嚇阻的效果。假設她高興只爲了更簡單、更基本的理由：報復。

假設她希望父親不只被罰失去自由，而是希望他發現自己的牢友是個大塊頭，酷愛雞姦和強暴，因此他將「自食其果」。這算是邪惡的希望嗎？因爲抱著這樣的希望，所以她是邪惡的人囉？我不認爲。我認爲她想要報復這件事可能令人遺憾。那或許是永久心理創傷的證據，導致她永遠不能繼續過自己的生活。或許吧。但在這種情況下的女人，幾乎稱不上是邪惡的。樂於見到邪惡的人不幸（尤其當你親身在他們手中受過苦後）或許不是道德發展和成熟的好範例，但離邪惡還差得遠。

因此我認爲，幸災樂禍既非成爲一個邪惡的人的必要條件，也不是充分條件。它並非必要條件是因爲，就算你看見別人痛苦而不快樂，你還是可以很邪惡。你可能像那位母親，因爲不盡自己的責任而邪惡。你也或許像我們剛猜測的、可能有違事實地重建其動機的那位父親，因爲愚蠢至極的信念而邪惡。幸災樂禍也不是成爲邪惡的人的充分條件。樂見邪惡的人陷入痛苦，特別是當你曾吃過他們的苦頭，並不會自動讓你變得邪惡。

許多人會驚訝我在談了所羅門、卡明與韋恩的實驗之後馬上討論這位受虐的女孩，彷彿我這麼做多少減輕了她受的苦難。但這樣的反應並沒有邏輯根據。這兩個案例彼此相似。它們底下都存在非常壞的事，其中的痛苦或苦難程度是我們大多數人所無法想像。而這些非常壞的事，是由於加害者發生了疏忽。疏忽最終變成了怠忽責任；但裡頭牽涉到兩種不同的責任。

一方面是未盡到道德責任。這裡要說的道德責任是指，保護無力自衛的人去對抗那些認定他們弱勢而可用於犧牲的人。倘若這不算基本的道德義務，我難以想像還有什麼算是。那位母親便是因爲此一疏忽而有罪。以她遭遇的處境來看，她對丈夫的絕對恐懼或許能減輕、但不能根除她的罪。

還有一種責任是哲學家所謂的知識責任。它是指一個人的信念要接受適度的批評審視：去檢視自己的信念是否有有效的證據可作爲依據，並且至少要弄清楚，是否存在著相反的證據。今天我們極少注意到知識責任：因爲大多數人太不尊重它，甚至不把它視爲責任（這本身就是沒有盡知識責任）。從我們（或許不可能地）重建的動機看來，那位父親就是疏忽了這種責任而有罪。

在所羅門、卡明與韋恩以及後來無數模仿者的實驗案例中，我們也能發現類似的疏忽。那裡面當然有毫無根據的荒謬信念，例如：相信用電流虐待狗眞能揭露人類憂鬱的本質，及其繁雜的由來、病因和症狀。我們還能在這些實驗中發現道德責任的墮落；而那個道德責任是指，保護無自衛能力的有感覺的生物，免受我們大多數人（幸好）無法想像的磨難。

我們人類看不見世上的邪惡是因爲我們分心去注意那些閃亮醒目的動機，才察覺不到動機背後的醜陋。這種分心是人類獨特的缺點。只要我們仔細凝視邪惡，不管它有何不同的外形和僞裝，我們總會發現知識責任或道德責任的疏失。蓄意想造成痛苦並樂在其中的邪惡，才是罕見的例外。

由此觀點來看，有一個値得注意的後果是：邪惡的行爲和邪惡的人比我們願意去臆測或承認的要來得多。當我們從醫學疾病或社會崩潰的觀點來思考邪惡，就會假設邪惡是例外，只存在社會的邊緣。但實際上，邪惡遍及社會各個角落。邪惡依附在虐童的父親和共謀的母親身上。它也同樣附著在有特權的、快樂的哈佛心理學家身上；他們被認定爲心理健康領域的專家，行爲只出於人道的善意。我做過邪惡的行爲很多，你也一樣。邪惡是司空見慣、尋常之事。邪惡是平庸的。

漢娜・鄂蘭曾精彩地爲文討論阿道夫・艾希曼的審判案件，並提出了「平庸的邪惡」這個概念。她主張，艾希曼身爲負責幫納粹政權有系統地消滅猶太人的軍官，他的罪行不是源自想要將痛苦、恥辱施加在囚犯身上。他並不渴望如此。他的邪惡行爲來自於無法同情受害者，以及不能讓自己的信念、價值觀接受適當的審視。我同意鄂蘭所說邪惡是平庸的。但那是我們不願意、而不是沒有能力所造成的。所羅門、卡明與韋恩不是沒有能力檢視自己的信念，只是不願意而已。他們並非沒有能力去保護狗不受進一步的折磨。他們是不願意去做。

康德曾正確地說，「應該」這個詞就表示「能夠」。說你應該做一件事，表示你能夠做到它。相反的，說你不應當做、不該做，就表示你有能力不去做。若我們用無能爲力的觀點來理解平庸的邪惡，就是在提供自己一個太過方便的藉口：我們沒有其他方法去做那件做了的事啊。無能免除了罪責。然而我認爲，我們的責任沒有那麼容易撇清。

未盡個人責任（包括道德責任和知識責任）是基於不願意的疏忽、而非無能爲力的疏忽，那導致了世界上多數的邪惡。不過，邪惡還有一種要素。沒有它，任何疏忽都不重要。那就是受害者的無助。

6

你可能注意到，這一章的要旨不完全符合前一章針對猿猴獨特性的討論。我在第三章主張，有件事毫無疑問是由猿猴帶來世上的，那就是驅使猿猴互相對付的預懷惡意。這很自然地會推導出，人的邪惡是心存惡意的結果。不過在這一章裡我又主張，人類產生的大部分邪惡不是來自蓄意，而是不願意去盡道德和知識的責任。但我對邪惡只說明了一半；猿猴帶進這世上的惡意可是有很多時間可以好好發揮的。存心的惡意確實在人的邪惡上扮演關鍵的角色；它不見得直接表現爲犯罪行爲，而是替犯罪行爲準備好了舞台。猿猴的惡意，特別是人的惡意，可以在他們製造的無助之中發現。在這方面，人操縱著自身邪惡發生的可能性。

狗和受虐的女孩一樣無助。孩童天生無助，但狗是被塑造成那樣。所羅門、卡明與韋恩覺得自己是在研究「習得的無助」的現象，但他們始終是在共謀製造「無助」。這也許看來是諷刺，但其實沒有諷刺，只存在目的：爲了研究人類的無助，他們竟必須先在動物身上製造無助。

捷克作家米蘭·昆德拉在小說《生命中不能承受之輕》裡說過一段話，有關人類美德的本質，我認爲基本上是重要而正確的：

人類眞正的善只有對那些沒有任何力量的人，才能以極其純粹、極其自由的方式展現。人類眞正的道德試驗（這是最徹底的試驗，它的層次那麼深，所以我們都看不到）是人與那些任人支配之物（也就是動物），兩者之間的關係。而人最根本的失敗正是由此產生，這失敗是最根本的失敗，所有其他的失敗都源自於此。

假如我們人過於重視動機，而動機只是隱藏醜陋眞相的面具，那麼要了解人類美德就必須剝開它。當你面對其他人的軟弱無力時，你沒有動機想要得體或尊重地對待他們。他們不能幫助你，也不妨礙你。你不害怕他們，也不貪圖他們的協助。在這種情況下，唯一會讓你想得體或尊重地對待他們的動機，是道德上的動機：你如此對待他們，是因爲這樣做是對的，因爲你就是這樣的人。

我向來評斷一個人，都是看他如何對待比他弱勢的人。我評估有錢的用餐者，端視他如何對待服務生。評判公司主管，就從他如何對待員工來看。由這點你可以更了解一個人。不過，這樣的測試也不見得絕對準確。受辱的侍者可能在用餐者的湯裡吐口水，或做出更糟的事。員工可能故意搞砸工作，因此害主管得罪了他的主管。你在看一個人如何對待弱勢者時，能發現他重要的特質。而當你看他如何對待絲毫沒有力量的無助者時，你會發現更多。而昆德拉指出，顯然最符合這種弱勢狀況的就是動物。

諷刺的是，雖然狼是傳統上用來象徵人類靈魂黑暗面的生物，但布列寧在昆德拉提出的測試中，表現得不算太壞。他打架時雖然凶猛、血腥，但對手多半是和他一樣凶暴的大狗。換句話說，布列寧打架的對象，總是他視爲可能或眞正帶來威脅的狗。我認識其中好幾隻，牠們是我的橄欖球隊友或他們朋友所養的。有些狗會用頭撞破玻璃片，因爲牠們以爲這樣就能到玻璃另一邊去跟別的狗打架。牠們是潛在或眞正的威脅，這是簡單又客觀的事實。不過布列寧面對明顯比他弱小的狗，要不就冷淡以對，要不就用獨特的方式示好。我記得曾有隻六個月大的拉不拉多公狗，從遠處向布列寧衝過來，牠的主人跟在後頭狂奔。狗兒興奮地撲到布列寧身上，布列寧平常很討厭這種情況發生，但他這次卻無計可施。最後，他將拉不拉多整顆頭放到嘴裡、輕輕含著，安撫牠、阻止牠。你該看看那主人的表情。或許我是因爲懷舊的影響而有些迷失吧，但就我記憶所及，假如你依昆德拉的測試來評估布列寧的話，我認爲他確實顯露出相當完好的道德名聲。

正如眞正的人類美德只有在對待毫無力量的東西時才會顯現，軟弱（至少是相對的軟弱）也是人爲之惡的必要條件。我們能從其中發現人類的根本弱點。人是製造軟弱的動物。我們抓了狼，將牠們變成狗；捕捉了野牛，把牠們變成乳牛；獵捕了種馬，將牠們變成去勢的馬。我們把東西變軟弱，好利用它們。在這方面，我們在動物界算是十分的獨特。受虐的孩子是天生無助；但所羅門、卡明與韋恩的狗是一萬五千年社會及遺傳工程的產物，最後牠們被冷酷地帶往通電的穿梭箱。

人不是唯一欺負弱小或無助者的動物。所有的動物都剝削弱者，雖然通常牠們是別無選擇。狼群會伴攻一群北美馴鹿許多次，找出哪一隻鹿比較弱，然後集中精力去攻擊牠。母狼如果察覺某隻幼狼有不尋常虛弱的跡象，會殺了牠。生命是由軟弱轉變爲強壯的不愉快過程。生命是極爲殘酷的。

然而，人的特徵是接受了生命的無情，加以精煉並強化。人將生命的殘酷帶到另一個層次。假如我們要用一句話來定義人類，可以這樣說：人是操縱自身邪惡發生的可能性的動物。

我們成爲這樣的動物並非意外。如之前所述，社會智力最先出現在猿猴身上。

我們如此擅長對其他動物製造軟弱，因爲我們是最先能對彼此製造軟弱的動物。猿猴的陰謀和謊言，是爲了想辦法讓強壯的對手變得比自己弱。我們體內的猿猴總是在注意是否有讓其他猿猴變弱的可能性。猿猴無時無刻留心做惡事的機會。

問題是，一報還一報。將別人視爲可利用的對象或當作可迫害的弱者，最終不可能不回報到你身上，並且無疑地污染了你思考自己的方式。我也將自己視爲可迫害的弱者，因爲在我一生中，我一直都是如此解讀別人。我們對自己製造的軟弱，基本上存在於我們思考自我的某種方式以及我們所做的惡行之中。我們咕噥著藉口，哭訴情有可原的境遇。我們告訴自己那是不得已的，還以爲別人會聽進去。或許這是眞的。但我們的軟弱在於把它看得很重要。狼不會找藉口。狼只是做了牠要做的，或許是牠必須做的，然後接受後果。

認爲邪惡是醫學疾病或由社會不適所造成的概念，最終是因爲現在我們在自己身上建造了一直以來小心翼翼對別人建構的那種無助。我們認爲自己甚至不再是值得做道德評估的對象。我們是善或惡，那其實是另一回事，必須用別的非關道德的說法來解釋，而那超過了我們的掌控。我們爲自己的道德狀態辯解，替自己製造邪惡的罪責申辯，正是我們製造邪惡的終極證明，也最明白顯示出那些我們不斷認眞匯集在自己靈魂內的軟弱。認爲道德是另一回事是多麼顯而易見的軟弱，只有人類會忽視它。我們不再強壯到沒有藉口也能過活。我們甚至不再強壯到有勇氣認罪。

7

有人說宇宙是從大爆炸開始。緊接的是快速擴張，從難以想像的單一小點擴充到遼闊得不可思議，並且還在繼續擴張。最後，宇宙冷卻，物質得以成形，造成了今日我們熟悉的二元：物質與空間。物質進一步濃縮，形成分散的恆星，稍後又形成行星。在某些行星上，生命開始成形；這樣的行星起碼我們知道有一個，但可能還有更多。起初生命存在於簡單的有機分子中，漂浮在成分甚至更簡單的原生湯（譯注）裡面。但這些分子開始彼此競爭，搶奪湯裡游離的原子。一個分子要日漸複雜，只能用其他分子的停滯或死亡來換取。打從一開始，生命就是一場零和遊戲

譯注：原生湯（Primordial Soup）：又稱原生漿液，為地球上產生生命的有機物的混合溶液。

（譯注）。於是，有的分子變成專家，擅長查出周遭分子的弱點；牠們成為分子界的食肉者，利用那些弱點，摧毀其他分子，占用其他分子的組成原子。這樣的過程轟隆隆地進行了數億年，創造出越來越多、越來越複雜的活分子。

當然，宇宙在這過程中並沒有決定權。事情就這麼自然發生了，就我們所知，宇宙沒有任何指示或控制。但在過了大約四十億年後，發生了出乎意料且非常驚人的事：宇宙變得有能力問自己問題了。宇宙有一微小部分開始能夠詢問關於自己、關於宇宙的其他部分、甚至關於整個宇宙的問題。終於，一九九〇年代初期某一天，宇宙演化過程的兩個產物（其中一個喜歡上述那些問題）在阿拉巴馬初夏的涼爽早晨一起出外跑步。而宇宙的這一小部分，正難看地喘著氣、砰砰跑過土斯卡路沙的街道，並問自己一個問題：這一切值得嗎？經過四十億年盲目、無思考的發展，宇宙終於包含了我。這值得嗎？另一個相對的問題是：經過四十億年盲目、無思考的發展，宇宙也終於包含了布列寧。誰比較值得呢？

我們兩個之中，我想我是唯一能問這些問題的人。那麼，我難道因此就是宇宙製造出來較有價值的東西嗎？人們一般都覺得是。據二十世紀德國哲學家馬丁．海德格所說，人的特徵（衍伸為價值）在於一項事實：人的存在對自身構成了問題；

也就是說，人是一種會問問題的生物，他會問：「我是誰？」以及「我值得嗎？」所以概括來解釋是，理性使我們人類比其他動物好。但「比較好」這個詞的意思卻很難了解。我比較善於努力解決複雜的邏輯或概念上的問題（至少在狀況好的日子裡，在早上喝了第一杯咖啡以後）；但布列寧跑步比我好。那麼哪一種技能比較好呢？

有個理解「比較好」的方法，或許也是最明顯的方法，就是將它解釋爲「更有用」。但倘若如此，「比較好」的意義應該要由它所指的生物來看。對我有用的東西，不見得對布列寧有用，反之亦然。布列寧跑得快，能在極狹小的地方轉向，這對他來說很有用，至少若在他祖先的家鄉，他能憑這點獵食。但是對我而言，這樣的技能沒什麼用處。每種動物都有與生俱來的生活方式，哪種技能比較好或比較有用是與生活方式相關的。

我們依照「傑出」的概念來理解「比較好」時，同樣的道理也適用。身爲有野

譯注：零和遊戲（zero-sum game）：一方所得必為另一方損失，因此雙方的價值加總之後為零。

心、好競爭的猿猴，我想我自己一直在奮力追求傑出；嗯，可能不是一直，但起碼是最近這幾年。對我而言，傑出意味著有能力想通困難的概念問題，並將沉思的結果記錄在紙上。柏拉圖曾率先主張，理性是人類獨特的傑出之處，而人們也一直如此認爲。但這項主張也只是重申：傑出的概念也與動物的生活方式相關。印度豹的傑出在於速度，因爲那是牠們的專長。狼的傑出主要在於某種耐力，使牠能夠跑上二十哩去追蹤獵物。傑出是什麼端看你是什麼而定。

理性優於速度或耐力，這是我們（或許忍不住）自稱的。但我們有什麼根據能證明這個主張是對的呢？「比較好」沒有任何客觀的意義讓我們能夠證明。一旦我們說理性比較好，「比較好」這個詞就失去意義。我們只能說什麼對人比較好，或什麼對狼比較好。沒有共通的標準能評斷不同意義的「比較好」。

我們人覺得這很難理解，那是因爲我們發現對自己很難客觀。就連我也不大能擺脫主觀的疑慮，以爲自己總是疏漏了什麼。因此，我們不妨來看一道有關客觀的習題。中世紀哲學家用了一個詞句，我認爲既貼切又重要：sub specie aeternitatis，意謂從永恆的觀點來看。從永恆的觀點來看，你看見自己只是浩瀚宇宙星光中的一小點。從永恆的觀點來看，我們人類不過是眾多物種之一，存在時間並不很長，而且每個跡象都顯示也不會存在太久。永恆的觀點何需在乎我能不能解開複雜的概念問題呢？永恆的觀點又爲何應該關心我的思索能力，勝過關心布列寧的奔跑能力呢？若說永恆的觀點更在乎我的能力，那只是微不足道的自大罷了。

即使我們不能評斷其他動物（如果我們沒辦法條理分明地說出自己客觀上比其他動物好的話），我們仍然能欣賞牠們。我們欽佩其他動物，是因爲隱隱約約地發現牠們擁有一些我們欠缺的東西。而往往，或許甚至是典型地，我們最欽羨別人的東西正是我們發現自己缺乏的。那麼，我這隻猿猴究竟欠缺了什麼，竟會如此欽佩跑在身邊的狼呢？

當然，他有一種美感是我不可能模仿得來的。狼是最高形式的藝術，你站在這種藝術面前，精神必因此振奮。不管每日跑步前我的心情有多惡劣，見證那安靜滑行的美總讓我覺得好多了。它讓我感覺活了過來。更重要的是，在這樣的優美旁邊，很難不想去仿效它。

但假如狼的藝術是我模仿不來的，那藝術底下也有別的東西：一種起碼我能設法學習的力量。我身爲猿猴，乖張、粗野，專門對付弱者；對其他動物製造軟弱，最後自己也受到軟弱的影響。正是這種軟弱容許了邪惡（道德邪惡）在世界上有立足之處。而狼的藝術就奠基於牠的力量。

布列寧兩個月大左右時，我同往常一樣帶他去參加橄欖球練習。這段期間他開始侵擾鬥牛犬橄欖球，橄欖球卻一點也不喜歡他。到最後，橄欖球生氣了，攫住布列寧的脖子，將他壓到地上。值得大大讚揚的是，橄欖球只點到爲止。他本可以輕易折斷布列寧細如嫩枝的脖子。可見就連比特鬥牛犬也能通過昆德拉的測試。但永遠留在我腦海裡的是布列寧的反應。大多數小狗會驚嚇、恐慌得尖叫；布列寧卻是嗥叫。不是那種小狗的嗥叫，而是低沉、鎮定而洪亮，不符合他稚幼的年紀。那就是力量。那就是我一直想要帶在身邊的東西，而且希望永遠都有。身爲猿猴，我缺乏力量；但我有義務，一種道德上的義務：永遠不要忘記並盡可能去模仿這股力量。只要我能像一匹兩個月大的狼那樣強壯，那麼我就是一片長不出邪惡的土壤。

猿猴會祕密策劃復仇行動，想方法對那些比他強壯或羞辱過他的同伴製造軟弱。等軟弱製造完成，就能成就邪惡。由於機緣巧合，我誕生爲猿猴。但在我最好的時光，我是匹幼狼，嘶吼著反抗那隻將我擊倒在地的比特鬥牛犬。我嗥叫是因爲知道痛苦來臨，而痛苦是生命的本質。我怒吼是因爲知道我只不過是匹幼狼，生命之犬隨時能將我的頸子像根嫩枝一樣折斷。但嗥叫也表達出我的意志，無論發生什麼事，我絕不讓步。我曾有個同僚，他在哲學家中很不尋常，因爲他是信徒。他以前總是告訴學生：當麻煩事紛至沓來，你就會信道了。也許眞是如此。災禍臨頭時，人們尋求上帝，而我，則是想起小小的幼狼。

第五章 騙子

爲什麼我們，至少之中有些人，愛自己養的狗呢？我爲何喜愛布列寧？我喜歡想成，在這裡我必須再次借用隱喻，我們養的狗喚起隱藏在我們靈魂最深處、久被遺忘的那個部分。那裡住著古老的我們，我們身體的一部分，遠在我們變成猿猴之前就存在了。那就是我們曾經是的狼。

1

有個故事描述一匹住在義大利古比奧的狼，以及他與阿西西的聖方濟的偶遇。這匹狼一直脅迫村民，聖方濟受託去說服狼打消念頭。有一天狼和聖人在城牆外碰面，雙方達成協議。合約經由城裡適當的官員正式公證：狼同意停止魚肉村民，放過他們的牲畜；村民則承諾供養狼，允許他隨心所欲在城裡閒逛。這故事讓我覺得有趣，因爲我也和布列寧訂了差不多同樣的協議。具體而言，我們的版本如下：

好吧，布列寧。我去哪裡都會帶著你：去上課、去課後的橄欖球訓練，還有去參加週末的比賽，不論是在主場或在外地。如果我去買東西，你也可以一起來，但你必須待在車裡（我的動作會非常迅速！）不，我不會在日正當中把你留在車上，因爲我們很幸運，這條路走下去就有一間二十四小時的超級市場。我會確保你每天都能有長時間的有趣散步；如果我去跑步的話，你也可以一起來。你每天都會有營養豐富的餐點。晚上你去睡覺時，會因爲又過了愉快、新奇的一天而感到適度的疲累。喔，還有一點（我還沒認清這點，但隨著一年一年緩慢過去，它會變得令人心痛的明顯）：我買的每間房子將會比原先多花我至少五萬美金，只因爲必須有夠大的花園，讓你能在裡頭跑來跑去。至於你，不得毀損房子。那是我唯一的要求，眞的。我了解有時候你可能受不了餓漢餐的誘惑，誰叫我不小心留在你搆得到的地方。人生不如意事十常八九。我不打算老是叨唸這件事，或者爲了這種事生氣地責罵你。我的要求就是你別再找這房子的麻煩了，也別破壞房子內的物品。還有我明白你年紀還小，難免會發生意外，特別是在晚上，但請儘量不要在地毯上小便。

如果你把我家換成古比奧村，將我換成聖方濟，那麼兩則故事簡直是彼此完美的複製。但和聖方濟不同的是，我毀了合約，而這件事到現在（十幾年後）仍然困擾著我。

阿拉巴馬的生活實質上是個長達七年的派對。我的人生在許多方面算很幸運。其中之一就是有機會過兩次大學生活，包括所有的大學生活要素（例如聚會、喝酒、各種類型的運動）。第二回甚至更有趣，或許因爲這一次我有了錢。也或許是，正如年輕人總會虛擲青春，學生也老是虛度學生生活。誰知道呢？

我們放浪的生活到布列寧四歲、我三十歲時，有了無可挽回的改變。說實話，我們兩個要再那樣生活是漸漸有點老了。我剛接阿拉巴馬大學教職時才二十四歲。二十四歲過學生的生活是一回事，但即使你持續參加學生的橄欖球派對，最後也會覺得有點感傷，甚至開始有點不安。但促使我們搬遷的直接原因不是我日漸增長的年紀，而是我父親年事漸老，肺炎發作了一次又一次。漸漸地，我懷疑他有可能死去，於是覺得自己該離家近一點。當然，那老傢伙後來完全痊癒了，今天依然健在。但對我來說已經太遲了：我的酒桶派對和穿著清涼的橄欖球迷，已經離我遠去了。

但那次轉變是我做過最棒的一件事，雖然當時看來並非如此。我的哲學事業尚未完成：在阿拉巴馬的生活放縱而快樂，卻導致我的寫作和出版徹底枯竭。顯然我不夠有紀律，無法忽略周遭明顯的誘惑，因此我只得改變生活。我搬回大西洋彼岸，決定去一個非常安靜的地方。爲了布列寧，我需要找一個鄉間的居所。而且要緊的是，我需要一個讓我除了寫作之外，完全沒有別的事可做的地方。所以我們搬到愛爾蘭，我開始在科克大學擔任講師。喔，還有一個還滿重要的因素影響我去那裡：那是唯一急著提供我工作的地方。這算是我過去七年都在參加學校生活派對的後果。

不過有個問題是，布列寧必須依照愛爾蘭政府要求，在斯沃茲（位於都柏林北邊）的利沙達爾拘留所待上六個月。也就是說，在我拿到寵物護照前，布列寧必須進檢疫所六個月。這制度眞是難以形容的愚蠢和邪惡。它是在狂犬病疫苗發明之前設立的，而英國和愛爾蘭要花大半個世紀才追趕上「最近的」醫學發展。布列寧從幼狼時期起，每年都接種狂犬病疫苗，他的血液中千眞萬確存在著抗體。儘管如此，他與其他無數同病相憐的狗兒一樣，必須服滿刑期。

我不知道布列寧感覺如何，但這是我做過最難受的一件事。那六個月內，我有好幾個晚上哭到睡著。我仍然不知道自己對他是否做了正確的事，畢竟六個月在狼的一生中算是非常長的時間。但布列寧有個特點讓他與一般的狗不一樣：他的情緒非常穩定。他一向如此，即使還是幼狼時。沒什麼事能眞正煩擾他。他在與橄欖球的相處中也不曾爆衝失控。我猜想他應該過得不差。事實上他泰然自若，沒有像許多受檢的狗兒一樣留下明顯的心理創傷。

不過利沙達爾的管理其實十分寬厚。拘留所所長瑪奇拉喜愛布列寧；這是頗能理解的事，因爲布列寧無疑是最帥氣的「狗」，他的到來替愛爾蘭增光不少。他冒充成愛斯基摩犬（我在表格上這麼塡寫），因爲狼在愛爾蘭的合法地位未定。愛斯基摩犬那時在愛爾蘭默默無聞，甚至連獸醫都不確定牠們應該長什麼樣子。布列寧驚人的出眾外表，以及討人喜歡、有禮貌的態度，讓瑪奇拉授予他許多特權。而最重要的特權是大多數早上能在拘留所內自由行動。他顯然利用這段時間宣示自己高於其他牢友的權力：在牠們的圍欄前面到處撒尿。我在那段日子裡，一個禮拜會去拘留所一次：駕駛在愛爾蘭糟透的道路上，來回要十個小時。我們會繞著所內一起散步幾小時。布列寧的特權後來被削減，因爲有一次他偷偷摸摸、魯莽地翻遍瑪奇拉的購物袋，並火速吞掉了她的冷凍雞肉。不過，反正那時他已快要出來了。

他被釋放後，我盡最大的努力予以補償。這意謂每天要有漫長的跑步。那年夏天（他是六月被釋放），我們待在西威爾斯我父母親的房子裡。其實也不算住在他們的房子，而是在花園盡頭的活動屋裡，因爲布列寧一到達，馬上就開始討厭我爸媽的大丹狗：邦妮和藍。事實上，才剛到幾個小時，他就有好幾次機會想宰了藍。那些日子我們經常在西淡水、南廣澳和他最愛的巴拉方多這些美麗的海灘或附近跑步。巴拉方多後面的沙丘有數不盡的兔子，布列寧在那裡開始學會我在阿拉巴馬無法讓他做的事（因爲有蛇）：狩獵。

我們是在夏末搬遷到愛爾蘭。第一年住在主教鎮，那是科克城西邊的郊區。我努力讓布列寧的生活儘可能像在阿拉巴馬一樣，因此我們每天出去跑步，通常是到黎谷公園和鄰近的牧場，或者到巴林科里的麵粉磨坊公園。週末時，我們會出發去不同的地方：因奇都尼的沙灘、往都柏林的路上過了密契爾鎮的葛倫加拉森林、巴利科頓的斷崖步道，還有其他很多地點。那一陣子我也開始衝浪。如果天氣適合，一個禮拜會去衝個幾天，我們會到強風吹颳的加雷次鎮的海灘，我奮力在衝浪板上站立時，布列寧會踩著水玩。檢疫期間或許難捱，但這裡對他來說比阿拉巴馬好太多了，而且多虧了聖派翠克，我們不需要擔心蛇（譯注一）。

2

一件事並不一定會因爲無可避免而變得比較不討人厭。我明白自己必須搬回大西洋的另一端。我也知道布列寧得進入檢疫所。我知道他在愛爾蘭會有好上許多的生活，那裡的氣候和鄉間更適合他。但我仍然無法甩掉十二月初那天的恐懼，我當時開車載他到亞特蘭大，送他上飛機。如今，我依然反覆做相關的惡夢，醒來時受到雙重的打擊。最初我很悲傷是因爲在夢中我背叛了布列寧。然後我想起來他死了。聖方濟和古比奧之狼的故事是關於與狼訂合約的快樂故事。故事最後皆大歡喜，因爲雙方遵守合約。但有一個黑暗的狼與合約的故事，它有著撕毀合約的悲慘下場。

芬里爾是北歐神話中的巨狼。他在兄弟姊妹皆不幸福的環境中長大。他的哥哥耶夢加得——塵世巨蟒——被奧丁（譯注二）扔進海裡，而且毫無理由，至少沒有在法庭上站得住腳的理由。他的妹妹海拉被放逐到死人之國，只因爲一個神智不確定是否正常、卻顯然懷有惡意的乾癟老太婆的一句話。因此，想必我們應該學到的有關神的第一個教訓很簡單：你不能相信他們。說實在的，芬里爾並沒有給眾神任何具體的理由來懷疑他。相反的，他因爲牢牢記得自己是巨狼，傳聞他的命運是在諸神的黃昏、也就是世界末日那天會吞噬太陽，所以他一直過著最爲克制的生活。但是隨著他越長越大，眾神開始害怕他。他們的解決之道典型地缺乏想像力：決定用

譯注一：傳說中，山坡上的聖派翠克用木製手杖逼迫蛇群躍入海中，將其永遠驅離愛爾蘭，這也是慶祝聖派翠克日（St. Patrick's Day）的由來。

譯注二：奧丁（Odin）：愛瑟神族（Aesir）的主神，為北歐神話中的諸神之王，同時也是戰爭、詩歌、智慧和死亡之神。

鎖鏈綑綁他，然後遺忘。第一次他們打造了一條名爲雷錠的鐵鏈，但沒有困住他多久。之後他們造了另一條叫德絡米的鐵鏈，強度比雷錠堅韌兩倍；但芬里爾同樣摧毀了它。於是他們命令侏儒又製造一條鎖鏈，由貓的腳步聲、女人的鬍鬚、山脈的根、熊的靈魂、魚的呼吸、鳥的唾沫製成。

在此我們學到關於神的第二個教訓，而這個教訓讓你很直接地明白爲什麼有第一個。神不是特別蠢笨，雖然（讓我們面對現實吧）有些神的腦袋的確不怎麼靈光。他們也不一定惡毒或有惡意，雖然有許多神是如此。應該說，他們的特點是沒有能力了解其他人的想法。諸神無法揣度別人的心意；他們天生沒辦法站在別人的立場著想。他們沒有同理心。說白一點，也許對諸神最安全的描述是：他們全都不善交際。

他們是否眞的認爲芬里爾會上這個當？畢竟完全沒有跡象顯示他是特別無知的狼。但他們還是用兩條鎖鏈試煉他，兩條世上鍛造過的最沉重、最粗的鐵鏈。結果行不通，於是他們又給他一件看來像絲綢緞帶的東西。他們難道不認爲他會發覺有什麼陰謀嗎？芬里爾眞的問了他們這個問題，而他們向他保證，不，不，絕無詭計。「以我母親的性命保證。」據稱奧丁這樣說。或許他以爲自己是在說圈內人才懂的精明笑話（而這件事只是確認了許多文字證據：精明不是奧丁的專長）。

至於後續事件的官方版本是這樣的：眾神中最勇敢的提爾自願將手放進芬里爾的嘴裡以示友好，結果爲了大義，崇高地犧牲了他的附肢。但神話當然是勝利者寫的。我從來不覺得這個官方版的故事聽來有道理（或許那是因爲我花太多時間與狼在一起），我認爲它有提爾後來捏造並頑固堅持的故事版本的全部特徵。這讓我們不由得懷疑提爾不是最勇敢的神，而是墮落成最殘酷、惡毒的神。而由於他有興趣餵養芬里爾（大家都知道，原因卻無從解釋），因此很不幸地，芬里爾從幼狼開始的童年生活，很可能在提爾的手中受苦。若眞如此，在芬里爾想要咬的名單中，他一定名列前茅。我們也不得不懷疑，提爾並非自願把手放進巨狼的嘴裡，而是奧丁命令他的，他若拒絕將遭受嚴厲的懲罰、長久的苦痛。於是，我們能想像出當提爾眞的鼓起勇氣、照奧丁命令去做時的臉上表情，或者該說，是其他的神強迫他把手放進芬里爾的嘴巴。芬里爾只要對提爾眨一下眼睛，這位最勇敢的神便幾乎要弄髒褲子了。

也許提爾的手值得犧牲。或許芬里爾頗情願玩諸神的遊戲。他的時候還未到，還要等上好些年。當他的時候眞的來了，在那諸神的黃昏，傳說他會長得非常巨大，上唇頂到天，下唇觸到地。不過，那還是要等好一段時間。他是非常沉穩的狼。他可以坐牢，可以倒立著服刑。他被銬在蘭格維島上一塊名爲「嘶吼」的岩石上。當然，提爾想要復仇。他不滿意只將芬里爾拘禁到末日，於是幹出了一件大事：拿劍撐在巨狼嘴裡，結果造成口水從嘴巴淌淌流出，形成一條河。那條河被喚爲「希望」。而縛綁住芬里爾的鎖鏈則稱爲格萊普尼爾，意指「詐欺者」。

當然，這個故事的悲劇在於沒有人眞的知道，假如沒用這種駭人的方式對待芬里爾，他會做出怎樣的行爲。在末日那天，大家都知道他跟巨人聯合對抗諸神，吃掉奧丁的內臟報復他。但誰知道假如眾神沒有違反與他之間的合約，他會站在哪一邊呢？在他們背信違約之後，又有什麼權利去指望芬里爾的支持呢？

我開車到亞特蘭大那天的恐懼，不在於知道我會十分想念布列寧，而是不知道等他從檢疫所出來後，他會站在哪一邊。他會站在眾神那邊還是巨人那邊呢？神祇（假如我可以審愼地並且絕對是諷刺地這麼說）有何權利在背叛他之後，還期待能獲得他的支持呢？

而在這則神話的其他版本中，諸神了解自己的行爲將無可避免。他們知道別無選擇，只能綁住芬里爾；也知道一定會在諸神的黃昏慘敗，他們的時代會過去，由巨人的年代取而代之。他們知道致使自己慘敗的必要條件是：芬里爾遭到拘禁，並站在巨人的那一邊。他們明白自己的行爲是不得不然。但清楚自己的作爲無法避免並不能讓你從眞正執行時那令人無法承受的負擔中解脫。

那天在亞特蘭大，向布列寧說再見讓我心碎，因爲我不知道當我們再次見面時，布列寧——我的野牛男孩——是否仍在那等著我；或者他是否會被另一匹住在他毛皮內的狼所取代。

3

事後來看，我想身爲哲學家都會很自然地想到，我和布列寧兩方所組成的小國是奠基於契約。在西方思想史上，社會契約的概念扮演了舉足輕重的角色。提倡社會契約的首要先驅是十七世紀的英國哲學家：霍布斯。

對霍布斯而言，自然是令人不愉快的，是腥牙血爪的（如之後詩人丁尼生形容的）。人類曾住在自然的狀態下，基本上這代表著每個人對抗所有人的戰爭。沒有人是可靠的；沒有人可以信任。友誼或合作都不可能。我們如動物般生活，或者像霍布斯所想的：我們就是在生活的動物，因此我們的生活概括說來是「孤獨、貧困、齷齪、野蠻又短暫的」。

霍布斯聲稱，所以我們會形成契約和協議。協議的各項要素如下：你同意尊重別人的生命、自由及財產，條件是他們也同意尊重你的生命、自由及財產。因此，你同意不殺其他人，他們也同意不殺你。你答應不把別人當成奴隸，他們也答應不把你當奴隸。你允諾不去偷竊他人的房屋和財物，他們也允諾不偷你的房子和財產。社會是奠基在「這回你幫我，下回我幫你」這項原則上；或者，最起碼要做到「這次你忍住沒捅我一刀，下次我就會忍住不捅你一刀」。

霍布斯談論的是從野蠻（以他所理解的野蠻）到文明的轉變。促進這項轉變的是契約。倘若你接受這個契約，就是接受了你的自由會受到某些限制。而你接受契約的理由是，你的生活會因而變得更好。這是社會存在的目的和理由。那也是道德存在的目的和理由。

很不幸，霍布斯所說的我們如何提升自己、超越血腥粗野的自然狀態、從此變成文明人的故事有個大漏洞，大到足以讓發育完全、體重一百五十磅的布列寧穿身而過仍綽綽有餘。霍布斯說，在訂定契約之前，我們是粗野的、血腥的、未開化的，生活孤獨而貧困等等；訂了契約之後，我們是文明的，生活因此變得好多了。

霍布斯顯然從沒想過一個問題：那些眞正腥牙血爪的人，怎會被帶到談判桌上？更重要的問題是：當你把他們帶到那裡時，會發生什麼事？在訂定契約之前，假如我們如霍布斯宣稱的是全然齷齪又野蠻，那麼我們不是應該把爲了訂約而開的聚會當成良機，可以宰殺一兩個對手，不然就該彰顯自己的權力大於競爭者嗎？簽約的場合必然是災難，是大屠殺。生活會變得更貧困、更孤獨、更齷齪、更野蠻，而且不用懷疑，它一定更短暫。關鍵在於：只有文明人才可能訂契約。因此，合約不可能是首先讓人們變文明的東西。

事實擺在眼前，儘管人類文明絕不可能奠基於契約，有些哲學家仍宣稱這樣思考文明的創造過程是有用的。他們認爲，我們能想像人們選擇了遵照合約規定來生活並制訂出該有的規定，然後藉此得出一個公平的社會、一個公正的文明世界該長什麼樣子。我以前也這樣想，但再也不會了。我現在認爲，契約的重要性在於揭露出我們人類的問題；它再次顯露出人類本性非常不討喜的一面。

有時候，重要的不是理論說了什麼，而是理論顯現了什麼。任何理論總是以某種假設爲基礎。有些假設可能很明確，理論的創始者可能發覺並承認了這些假設。

但總是有些假設不清不楚，或甚至可能永遠無法解釋清楚。哲學家的任務在本質上就像考古學，只是並非挖入土壤，而是深掘進理論，盡其所能地找出理論的隱藏假設。那就是理論所要顯現的，而且有的時候遠比理論所述還重要多了。

那麼社會契約理論顯示了什麼？它應該是關於道德與文明的基礎及合法性的敘述。但問題是：它的意義究竟爲何？答案包含了兩件事；其中一件比另一件明顯，但兩個都不討人喜歡。

4

社會契約理論顯示出的第一件事情是，我們人類（或更精確地說，猿猴）特別迷戀力量。這理論有個很明顯的推論：對於比你弱小許多的人，你沒有道德上的義務。你和人訂契約只可能爲了兩個理由：他們能夠幫助你，或者他們能夠傷害你。你需要幫忙嗎？不用擔心：有別人可以幫你，只要你答應在他們需要的時候幫助他們。你想要保護自己免於謀殺、攻擊和奴役嗎？沒問題：其他人同意不對你做這些事，只要你同意也不對他們這樣做。但這表示，你有理由只跟能夠幫助你或傷害你的人訂定合約。契約要能成立，只有在訂約雙方的力量最少大致相等的情況下；差不多每個相信社會契約的人都同意這樣的想法。結果，任何比你弱小的人（就是那些無法幫你或傷你的人）都落在契約的範圍之外。

但別忘了契約應該是要爲文明、社會及道德提出正當性。那些落在契約範圍之外的人，也就落在文明的範圍之外、處在道德的界線之外。你對那些比你弱小許多的人沒有道德上的義務，這就是從契約的觀點來看文明的結果。道德的目的是爲了獲得更多力量，那是社會契約理論顯示的第一件事，也是這個理論的第一個假設。野蠻或文明：哪一個才是眞正的腥牙血爪呢？

如果我們挖掘得深一點，會找到第二個未公開承認的假設。社會契約的根據是爲了預期獲利而有意犧牲。你放棄某些東西，只因爲你預期得到更好的回饋。你爲了獲得保障而出賣自由，因爲對你而言保障勝於自由。爲了得到契約提供的保障，讓他人來保護你的利益，你必須願意去保護他們的利益，而這會讓你付出時間、精力、金錢、安全，或許甚至你的生命。你爲了得到契約保障所做的犧牲不一定是微小的，有時候是十分重大的；而你願意犧牲，只因爲相信自己可以得到更多的回報。

但這裡有個關鍵的漏洞。你不見得必須出賣你的自由。你不盡然需要做這些犧牲。關鍵不是你做了犧牲，而是其他人相信你做了。你對別人說：「我會替你注意背後，如果你也替我留心的話。」但你是否眞的替他們注意背後並不重要。要緊的是他們相信你在留意。你眞的犧牲與否並不打緊。在契約中，印象是一切。如果你無須做出必要的犧牲就能得到報償，那麼無疑地你就占了優勢，贏過那些眞的犧牲了時間、精力、金錢、安全的可憐笨蛋。社會契約眞正的本質就是獎勵欺騙。這是它結構上玄奧的特徵。假如你會欺騙，就能獲得契約的好處，而不需要付出任何代價。

我們告訴自己，騙子永遠不會富貴，但我們心中的猿猴卻曉得這不是事實。笨拙、幼稚的騙子不可能發達，他們會被發現，承受苦果，他們被放逐、排斥、鄙視。但我們猿猴眞正鄙視的是這種人的無能和愚笨。我們內心的猿猴並不輕視欺騙本身，反而欽佩欺騙。社會契約不獎勵欺騙，而是獎勵有技巧的欺騙。

社會契約應該是讓我們變成文明的人類，但它卻也讓我們有傾向欺騙的壓力。將我們變成文明人的東西也讓我們成爲騙子。不過，社會契約只有在欺騙是例外、而非慣例時才能運作。假如大家總是成功地欺騙其他人，社會秩序或團結的可能性就會崩潰。因此，契約也將我們變成欺騙的探測器。想要變成更高明的騙子，就必須有能力成爲更厲害的欺騙探測器。人類的文明及智能皆是軍備競賽的產物，而首要的飛彈就是謊言。倘若你是文明人卻不是說謊的人，那大概是因爲你的說謊技巧並不高明。

這究竟說明了我們什麼？哪種動物會認爲自己最有價值的資產「道德」是根據合約呢？哪種動物會認爲自己能建立的公平或公正的社會，是根據一個由社會成員所同意的假想合約呢？對狼來說，答案很明確（但顯然猿猴不這麼認爲）：騙子。

5

我寫過一本關於社會契約的書，靈感是來自布列寧做他最擅長的事。我們在愛爾蘭一起度過的第一個聖誕節期間，曾回到威爾斯去看我的父母親。布列寧一向喜歡到威爾斯，儘管他和邦妮、藍在某些意見上非常不合。我母親以我不曾用過的方式縱容布列寧；他在這裡第一次發現起司的美妙。我發現起司無疑是他最愛吃的食物，輕易地讓我買給他的牛肉黯然失色。當母親要煮的菜需要放起司時，布列寧一定會出現在廚房，毫無商量餘地。他會坐在那邊，發出一種難以形容的一連串短促、尖銳的聲音，是狗發不出來的，介在吠與嗥叫之間。狼不會吠；吠是小狗的行爲，基本上意思是：「來支援我。這裡發生事情了，我不大確定要怎麼辦。」布列寧不吠，有時會嗥叫。但當他興奮起來時（起司每次都能讓他爆發），他會發出連續的斷音「喔、喔、喔、喔、喔……」還伴隨偶爾的跳躍，以及我之前不曾見他做過，也不曾想像他居然會做的動作：坐下來乞討。最後，母親會扔給他一片起司，接著整個過程從頭再來一次。這可以讓他快樂好幾個小時，如果要花夠長的時間做菜的話。到後來，有沒有做菜變得毫無關係，光是母親出現在冰箱附近，就足以讓他興奮起來。

這個聖誕節，我們搭愛爾蘭渡輪旅行，從羅斯雷到朋布洛克。渡輪之旅通常需時四個鐘頭左右。我將布列寧留在車上，因爲他不能和我一起到上層甲板，不待在車上，就得留在汽車甲板的籠子裡。我先前做過同樣的事好幾次，沒發生任何有害的後果。我通常會在上船前帶他在羅斯雷的海灘走好長一段路，讓他消耗一些體力。然而這一次，大概在我們停靠朋布洛克之前十分鐘左右，船隻正要進入密爾福港的水道時，我從書上抬起頭來，卻看見布列寧快樂地在上層的乘客休息室小跑步，大概是往餐廳的方向前進。幾名愛爾蘭渡輪的員工跟在他後頭，假裝想要抓他，但實際上保持一段安全的距離。我呼喚他的名字，結果如同五年前惡名昭彰的餓漢餐事件，他腳跨到一半僵住了，回頭看向我，臉上慢慢浮現威利狼理解自己被逮到時的表情。

我只把車窗開了一點點，好留給布列寧一些空氣。但不知在渡河的哪個時刻，他用力將窗戶往下推，爬了出來。汽車甲板應該是鎖著的，但我想他們一定是在進水道時把門打開了，所以布列寧才逃了出來。然後他設法找到路，往上爬了四層樓梯到乘客休息室，也許是在尋找我，或者，更有可能是跟著食物的味道。我不敢去想假如他真的到了餐廳會發生什麼事。我記得非常清楚，如果學生帶食物到課堂上、又一時疏忽沒關好背包，會發生什麼事。我可以想像用餐的客人尖叫著，從餐廳跑出來，而布列寧腳爪撐在桌上，開開心心吞嚥他們留下來的食物，當然，要從有起司的菜餚開始。

聖誕節過後在回程時，我決定搶先防堵餐廳發生大屠殺的可能性，確認車窗只開了一小縫。結果我的判斷出了嚴重的錯誤。布列寧將車子拆得四分五裂，一點也不誇張。等他拆完、我警覺到發生什麼事時，已沒留下任何東西能辨認出這是輛車子。座椅被撕成碎片，安全帶被徹底嚼爛，他還把車頂的襯墊剝下來，以至於幾乎不可能看到外面。除此之外，他還劃開一大包狗食，撒到每個角落、縫隙中。

渡輪員工覺得太好玩了，把我叫下來到汽車甲板。我不可置信地瞪著我的車內（或是說還在的部分）好幾分鐘。我注意到汽車甲板的服務員拿著一把刀子，於是問他是否能借我。我需要把車頂懸垂的破布條割下來；如果我還想在開車回家時能看到外面的話，就得這麼做。服務員神情顯得很奇怪，似乎不願意與他的刀子分開，細問之下才知道他以爲我要殺了布列寧。最好是！我向他解釋（顯然震驚使我切換到講師模式），雖然我並沒有特別喜歡事件發生的方式，但這不是我能要求布列寧負責的事。我告訴眼前正在傻笑的服務員們，布列寧不是那種能夠負起道德責任的生物。他是所謂的道德受益者（譯注一），不是道德行爲者（譯注二）。布列寧不了解自己在做什麼，所以也不明白自己做錯了。他只是想要出去。就像其他動物一樣，布列寧是有權利的生物，他有權得到某種待遇和生活方式，但沒有附隨的責任。之後，我做了一位自重的哲學家在這種情況下能做的事：我回家，針對這件事寫了一本書。

我初步的想法是，找出方法將動物納進社會契約中，那就要把契約訂得公平一點。想像你們有一群人，剛剛點了一個披薩。你如何能確保每個人都拿到一塊大小一樣的呢？這裡有個簡單的方法。讓其中一位來切，而且他要最後才拿披薩。假如他不知道自己會拿到哪一片，他就無法做偏袒自己的安排。他別無選擇，只能均分披薩。現在，想像披薩就是社會。你如何能保證你住在一個公平的社會呢？正如同切披薩的例子，我們讓一個人來選擇如何組織社會，但確保他在做選擇時並不知道自己在社會中有什麼地位。這個虛構的設計最先是由已故的哈佛哲學家約翰·羅爾斯所發展的。他稱之爲「原初立場」。

羅爾斯利用原初立場，作爲讓契約較公平的方法；也就是說，他將社會正義簡化爲公平。但我認爲，羅爾斯忽略了他所說的原初立場的發展也是不公平的來源。羅爾斯主張，當你選擇社會要如何組織時，必須排除自己是誰、自己看重什麼等知識。你不知道自己將是男性或女性、黑人或白人、有錢或貧窮、聰明或愚笨等等。你也不知道自己是教徒或無神論者、自私或利他等等。但他仍允許你知道自己是什

譯注一：道德受益者（moral patient）：單向承受道德關懷，無法主動實踐道德原則的存有者。

譯注二：道德行為者（moral agent）：不僅能承受別人對他的道德關懷，且能主動實踐道德原則的存有者。

麼，和自己能做什麼：你知道自己是人，也知道自己是理性的。我的主張則是，如果你想讓這個契約眞正公平，就必須連最後這種知識都排除在外。並且，我認爲羅爾斯暗地裡致力排除這種知識，雖然他以爲自己沒有。結果發展出一種羅爾斯會厭惡的「羅爾斯契約論」。然而，這項理論的好處是它不只將動物囊括至契約中，還納入了傳統契約所排除的一些人——嬰兒、年長者、精神病患等等——簡而言之就是：弱者。

6

我由此概念所寫成的書是《動物權利：哲學家的答辯》。假如你能找到第一版，你會看見布列寧在封面上。雖然這不是我的第一本書，卻是在阿拉巴馬七年派對後，眞正讓我的事業回歸正軌的作品。而我唯一需要付出的代價是，一輛毫無價値的車子，和沒有肉類相伴的一生。

這是那天布列寧展現破壞欲之後眞正的傷害。當然，要不是我已在思考社會契約觀點下的道德（那時我正在一門研究生課程中講授社會契約），我也不會領悟到這個教訓。但這些事件不幸地匯集在一起，促使我成爲一個有著黯淡未來的素食者。假如我處在原初立場（我那版本較新、較公平的原初立場），我不會選擇一個飼養動物長大以供做肉品的世界；牠們過著悲慘的生活，又恐怖地死去。既然物種的知識應被排除在無知之幕後面，那麼我所在的原初立場也可能處於那群動物的世界。而如果你站在原初立場，應該不會不理性地選擇如此的世界，因爲那是不道德的。這樣說起來，我眞感到不幸，因爲我想念多汁的牛排和炸雞。但道德有時候有令人爲難的傾向。

我其實有一陣子嚴守素食主義，而道德上來說，我現在應該仍是素食者：素食是唯一對動物始終如一的道德立場。但我雖然可能不是那麼壞，卻也確實沒有那麼好。我曾經試過報復布列寧，要求他也跟著吃素，但他一點也不吃。他斷然拒絕吃下我盛給他的素狗食；誰能責怪他呢？我是可以把素狗食和寶路罐頭狗食混在一起，也許他眞的會吃，但那樣就無法達到我要他吃素的目的。到最後，我們妥協了：我吃素，他吃魚。我會把素食的乾糧和一罐鮪魚混合（自然是選擇保護海豚的品牌，但不吃黃鰭鮪，因爲汞含量的問題），有的時候再加上幾塊起司。我希望他不會跟我一樣想念肉類；事實上，我現在仍然懷念。我懷疑他其實比較喜歡新的飲食，尤其是我加了起司的那幾餐。如果他不喜歡的話，嗯，或許他在吃我的車子時就該想到有這個下場（我才不管我對汽車甲板那些服務員解釋了什麼咧）。

我逼他改變飲食是否不道德呢？有人告訴我是不道德的。但想想，若在他接下來的一生中，一天是吃幾杯以肉爲主的狗食加上一罐肉，就算乾狗糧所含的肉類大概不到包裝上宣稱的量，總量也必定達到好幾頭牛。布列寧似乎很喜歡我配給他的新食物，和以往一樣大口嚼著，而且我相當確定，罐頭鮪魚要比罐頭狗食美味多了。所以，採納新的飲食即使對他造成不便，也極爲輕微，且不會造成幾頭牛的死亡。假如布列寧眞的拒吃，或吃得很少，或體重減輕甚至生病，那就另當別論。但簡而言之，我這項選擇是在布列寧微不足道的利益，和牛隻攸關生死的利益之間取得平衡。這在本質上對素食主義者來說是道德的問題：動物避免悲慘生活和恐怖死亡的重要利益，比起人類想滿足味覺享受的輕微利益，要來得大多了。當然，因爲布列寧吃魚而非吃素，這個新的飲食方法對鮪魚是有點嚴酷。但鮪魚的生活比牛好過得多，至少我是如此告訴自己。

7

我稍早解釋的契約其實跟兩件事相關：力量與欺騙。我的書與近年來所有論及社會契約的書大致相似，是在講如何將力量差異對道德決策的影響減到最低。但還有眞正的問題仍未觸及。光是試著將社會契約變得比較公平，並無法指出契約眞正的問題。眞正的問題是欺騙以及欺騙的基礎：算計。我現在認爲，社會契約是猿猴創造出來的手段，好規範猿猴間的互動。

透過社會契約來思考是非對錯，提供了我們一種對道德的見解：道德是專爲陌生人設計的，它的目的是規範那些幾乎互不認識、也不特別喜歡彼此的人之間的互動。倘若我們這樣子去解釋道德，理所當然會得到這個概念：正義即公平，它是主要的德行，是如羅爾斯所說的社會制度的「首要德行」。道德上來說，如果不用公平的態度，陌生人又該如何對待彼此呢？

然而，除了對陌生人的道德，還有一種道德是對同伴。霍布斯認爲，自然是腥牙血爪的。當我想到自然，我想的是六個星期大的布列寧，我將他第一次帶回家那天，他像隻棕色的大熊寶寶，破壞力十足，卻讓人忍不住想摟在懷裡。那是他在我們相互適應之前的模樣，在他被帶進我的文明世界之前。自然不會比我們聲稱的文明來得血腥，大自然中也沒有單一對抗群體的戰爭。狼的生命或許短暫，但我們的生命同樣也是。狼不孤單，只在我們的衡量眼光中才顯得可憐。

五月的那天下午，布列寧和我才在屋裡相處了一個小時左右，我就愛上這個破壞窗簾和冷氣系統的小可愛。我永遠愛他。他當然不是站在任何幫助我的立場，還可能傷害我（他確實傷害了）：只是受傷的是我的荷包。而我無法做什麼來改變這一點。如果我們之間曾經訂定契約，那一定是次要的，而且是基於更根本、更發自內心情感的道德。此道德鼓吹的並非正義，而是忠誠。

從這著眼點來看，我讓布列寧只吃魚的決定是很不尋常的。我極少將從未見過、甚至永遠不會見到的動物的利益，放在我的狼的利益之上。在這種情況下，我是把正義置於忠誠之上。坦白說，我這樣做只是因爲我認定了忠誠的需求非常薄弱（布列寧可以接受新的飲食，就算有不便，也只是一點點而已），但正義的需求卻是非常明確。但如我剛剛所說，這情況很罕見。我在課堂上討論道德兩難的困境時，喜歡跟學生說，假如你發現自己和我、布列寧同時需要救生艇救援，那你眞是倒楣透了。他們以爲我在開玩笑。

有一種最困難的道德任務是，在陌生人的需求和同伴的需求之間取得平衡；正義與忠誠總是在拉鋸。過去的哲學很明顯多半強調道德是對陌生人的。我認爲這不是意外，而是起源於我們猿猴的血統。當你把社會想成一群陌生人的集結，你就會認爲道德是一種算計：我們藉著道德爲所有相關的人、依據某種標準來努力算出「最佳」的結果。算計是我們體內的猿猴做得最棒的事。我們不看同伴；我們觀察他們。我們策劃、密謀、計算機率、估量可能性，始終等待取得優勢的機會。我們人生中最重要的關係是依據盈餘赤字、利益損失來衡量。你最近爲我做了什麼？你讓我滿意嗎？我跟你在一起能得到什麼，又會失去什麼？我能不能算計並執行得更好？針對社會整體的算計（道德上而非考慮周到的算計）只是這項基本技能的延伸。對我們猿猴而言，以契約條件來思考是很自然的，因爲契約就是爲了預期收益而經過深思熟慮的犧牲。而社會契約的概念是法規彙編，只是將深潛我們內在的東西變得清楚。算計直抵社會契約的核心，深達我們體內猿猴的心中。契約是猿猴爲猿猴發明的，一點也無法說明猿猴與狼的關係。

爲什麼我們有些人愛自己的狗呢？我爲何喜愛布列寧呢？我是這麼想的（我必須再次用隱喻）：我們的狗喚起我們靈魂最深處久被遺忘的部分。那裡住著古老的我們，遠在我們變成猿猴之前就存在的那一部分。那就是以前的我們：狼。這匹狼明白幸福不能從算計中找到，明白從沒有眞正重要的關係可以建築在契約之上。忠誠排第一位。就算天塌下來，我們也必須重視忠誠。算計和契約始終排在後面，如同我們靈魂中的猿猴跟在狼之後。

第六章 追求快樂與追逐野兔

當生命最情緒化的時候，也就是生命因此最充滿活力的時刻，不可能將狂喜與恐懼區分開來。恐懼與狂喜是一體兩面。狂喜絕非純然的愉悅，必定也是極為不愉快的。

1

在愛爾蘭度過的那些年，布列寧正值壯年。他長得眞是魁偉，站立時肩膀離地三十五吋高，體重將近一百五十磅。他和跟我一起成長的大丹狗一樣高，但他的體格更爲強健。像他媽媽一樣，他的腿很長，腿末端的腳掌跟我的拳頭大小差不多；但他也很粗壯，遺傳到他爸爸碩大的身軀。他的頭像個寬大的楔子，架在厚實的肩膀上。他的胸膛深厚、臀部苗條。他讓我聯想到的動物莫過於公牛。事實上，每當我想到他如何從阿拉巴馬的年少時光變化到現在，總是會記起狄倫·湯瑪斯的詩作〈哀悼〉，詩中敘述一個人從彌尾的雄貓轉變爲隆背的公牛。幼年時期順著他口鼻而下的那條黑線已經淡去，但依稀可辨，而框住這條線的是同樣奇妙的杏仁色眼睛。我沒有很多布列寧的照片（那時候我沒有在攝影），但當我想將他的影像牢牢印在腦海時，我想到的都是三角形。在我的意識最前線跳來跳去的總是三角形：頭部和口鼻部形成的三角形；頭上耳朵是兩個三角形；軀幹側面是三角形，從肩膀傾斜到尾巴；軀幹正面也是三角形，往下傾斜到腿部和大腳。口鼻部的黑線和黃褐色的杏仁眼是焦點，他身軀全部的三角形都是圍繞這個點而組織起來。

我們在科克待了大約一年後，我決定讓布列寧多個朋友：一隻腿比我多、鼻子比我冰冷的動物。我仔細翻閱《科克觀察報》，正如五年前翻閱《土斯卡路沙時報》一樣，看見一則「愛斯基摩犬」的廣告。這令我驚訝又不安。愛斯基摩犬是北極犬，一種類似哈士奇的雪橇犬，但更加高大魁梧。重點是，「愛斯基摩犬」仍是布列寧的官方名字；只要有人詢問布列寧是什麼動物，我都會說他是愛斯基摩犬。不知什麼緣故，愛爾蘭人害怕大型犬。假如有人發現布列寧是狼，我們大概會被逐出這個國家，甚至更慘。我每天走路去上班時，會帶布列寧去一間街頭小店。有一天，店外面的看板上秀著頭條新聞「狼」。這是一則結局非常悲傷的故事，一隻（還很小的）混血狼逃家後，跑到北愛爾蘭的鄉間四處流浪。雖然故事發生在北邊，但南邊愛爾蘭共和國的媒體陷入一片狂熱，小店裡那位每天供應我可樂和起司三明治的婦人也一樣。她開口閒談了幾句，對布列寧視若無睹；她已經習慣了他的存在。我們該怎麼對待幼狼？牠們應該被禁止飼養。牠們是嗜殺成性的動物。故事最後是，狼走向一名農夫，或許是想討些食物，卻被這個白痴農夫殺了。愛琳（譯注二）的孩童們和商店老闆終於能再安穩地睡在床上。因此，布列寧和克拉克．肯特（譯注二）一樣有非常好的理由要嚴守身分的祕密。「愛斯基摩犬」就是我幫他隱匿身分的辦法。愛爾蘭人幾乎不認識愛斯基摩犬，我指望情況能保持下去。

第二天，我們開車往北，到克萊爾郡恩尼斯外圍的一個小村莊，車程大約三小時。結果廣告中那窩小狗的父親確實是愛斯基摩犬：棕色巨大的愛斯基摩犬，幾乎和布列寧一樣高大。無可避免地，布列寧討厭牠。至於小狗的母親，完全不是愛斯基摩犬，而是小型的德國牧羊犬；或許是我見過最醜的牧羊犬。

在我的經驗裡，如果狗父母外表不相稱，那麼小狗長大後總是長得像難看的那隻。所以我本來是不打算碰牠們的，可是當我看到小狗時，我改變了心意。牠們住在車庫裡，渾身髒兮兮，還有跳蚤。我決定必須拯救一隻，於是從那一窩裡挑了最大隻的母狗。我對小狗一向難以抗拒。儘管如此，我開車回家時，胃部明顯有下沉的感覺。好極了，我心想，接下來十年左右，我得和一隻醜陋的德國牧羊犬困在一起。但事實上，那週我的運氣很好。她後來長成一隻你能遇到的最乖巧、最勇敢、最聰明的狗，而且一點也不難看。我幫她取名妮娜，卡列妮娜的縮寫，是依照我最

譯注一：愛琳（Erin）：愛爾蘭的浪漫別稱。

譯注二：克拉克・肯特（Clark Kent）：電影《超人》的男主角。

喜歡的一本書《生命中不能承受之輕》裡頭的狗兒卡列寧來取的，而卡列寧的名字則是來自安娜．卡列妮娜。

起初我想要一隻狗，是為了讓布列寧有個犬類同伴。但一開始他毫不感激。妮娜還是小狗時，常常打擾布列寧，從不給他片刻的寧靜。很快地，她學會利用他野生的遺傳本能來對付他：讓他反芻食物。她瘋狂地舔弄他的口鼻，布列寧會想辦法撇開頭，但妮娜不屈不撓，幾秒鐘後他的晚餐湧上來，妮娜就會高興地大啖反芻的食物。這畫面又刺激又噁心。於是妮娜迅速地長成非常肥胖的小狗，布列寧則變得非常瘦。最後布列寧找到妮娜進不去的花園一角，因為那是近乎直立的邊坡，需要跳上四呎高。他時常在那裡連續躲上好幾個小時，特別是在晚餐後，留妮娜在底下徒勞地又叫又跳。這短暫的休息只維持了幾週，妮娜終於長得夠大，可以用爪子一路爬上去。但這陣子喘息確實讓布列寧有時間補回失去的體重。

儘管受到不間斷的糾纏，布列寧卻非常保護妮娜，不准其他狗或人接近她身邊。而這帶給我那一週的第二份幸運。就在妮娜到來後幾天，有天午夜左右，我們後花園出現了噪音。花園四面圍繞著高大的樹籬，有八呎以上，因此意外闖入是不可能的。我沒聽到噪音，但布列寧聽到了，他飛快爬起來，跳到窗戶邊，前腳趴在窗臺上。我一放他出去，他立刻跑到花園盡頭的邊坡上，就是他經常待著躲避妮娜的那個地方，接著消失在樹後頭；再出現時，他拖著一個男人，然後壓在地上。我不大願意講述接下來的事，因爲我還沒完全走出此事的陰影。我可以辯解，因爲久居美國，所以我仍然保留美國的思考模式。我的第一個念頭是：「天啊！要是他有槍怎麼辦？他會開槍打死我的孩子！」於是我跑進花園，開始踹他，一邊喊著美國用語像是：「別動，幹你媽的！」可是他當然動了：當有隻狼咬著你的喉嚨，還有一個瘋子邊踢你邊飆髒話時，你很難保持不動。最後，局面平靜了下來。他塊頭很大，年紀跟我差不多，可想而知如果我只有一個人，他可能會帶給我一些麻煩。我用摔角的全尼爾森式扭住這傢伙：一隻手臂抵住他的背部，另一隻手繞過他的肩膀。「你在我的花園幹什麼？」我問。「沒幹啥。」他口齒不清地說。於是我押著他走出屋子，把他扔到街上去。

我當時沒有電話，所以無法打電話報警。但一等到腎上腺素的衝動消退，我開始了解到無論如何報警是個壞主意。我意會到自己剛剛的行爲有多麼嚴重。假如在美國，如此對付一個侵入者，幾乎肯定會得到鄰居和警察同樣的祝賀。但我不認爲這在愛爾蘭站得住腳，他們可能會很多疑地看待利用狼來凶猛攻擊闖入者的人。幸運的是，這是十月下旬一個寒冷的夜晚，那傢伙穿著大外套。我不認爲布列寧有辦法穿透外套造成嚴重的傷害，起碼我把他扔出去時，沒看到明顯的血跡。不過，考慮各種狀況後，我認爲現在或許是讓布列寧馬上離開的好時機。我可能有點反應過度，但北方混血狼的事件使我不只有點偏執。於是我計畫讓他待在我父母家幾個禮拜，直到事情稍微平息。我匆匆忙忙打包行李，準備帶著布列寧和妮娜連夜開車到羅斯雷的渡船口，想在那裡趕上九點的船班，在「守衛」（愛爾蘭語「和平守衛」的俗稱，也就是愛爾蘭警察）掌握到我們的行蹤之前，安全地離開愛爾蘭。

突然間，有人敲門。「守衛」已經來了。我拉上窗簾，暗中仔細看著前門附近，腦袋快速轉著幾個念頭，例如，一個人在遭到包圍時，究竟該如何行動？如果沒有槍，究竟要如何處理圍攻的局面？又，如果沒有人質呢？然而我白擔心了。門外是住在隔壁的婦人。原來布列寧和我襲擊的那個男人是她分居的丈夫。她告訴我，他偶爾會出現，通常是在喝了一肚子酒之後來痛打她一頓。更妙的是（至少從布列寧和我的觀點來看），婦人申請的禁制令生效，他不該出現在離她家一百呎以內的地方（顯然此令並不十分有效）。因此我料想，他打電話給「守衛」的可能性非常低，我決定暫緩在午夜出走到羅斯雷。

即使現在，我仍不敢相信那天晚上我有多幸運。坦白說，若有人半夜出現在我花園裡，多半圖謀不軌。但就算如此，你眞的想要跟我和布列寧當鄰居嗎？要是出現在花園的其實只是個小孩呢？那就是小店老闆會有的說詞。不過我心裡倒覺得不會有事的。布列寧一生中沒遇見過很多孩童，但遇到的時候，他總是對他們很溫順、體貼，令我印象深刻。過了那天晚上，他也確實和隔壁的小男孩變得非常熟稔，而小男孩和他母親都很喜歡布列寧。

儘管如此，這段插曲的確讓我察覺到，有件事情在我前意識（譯注）的心裡已翻攪好一陣子。布列寧和我有點太衝動；也因此，我們有點太危險。假如我們是牛仔，人們會形容我們愛扣扳機。那是當我回想起那天晚上的行爲時，第一個蹦進腦海的念頭。我有點太快投身進去，我的飛毛腿有點太急於支援布列寧的尖牙。我們對彼此的忠誠，如今遠遠凌駕對其他人的正義感。我們變成一個群體，兩個自成一國。那些在我們國度以外的，對我們來說，不如他們應得的重要。

譯注：前意識（preconscious）：為介於潛意識和意識間的意識層次，精神分析學派認為潛意識下壓抑的慾望或衝動，在浮現到意識層面之前會先經過前意識。

在這次事件之後，你們許多人可能會說布列寧在文明社會裡沒有立足之地。你們可能是對的，但果眞如此，我會附加一個聲明：我也沒有。那晚標示出了我們從人的世界逐漸退縮的起點。我必須誠實地說，這個世界開始令我厭惡。我討厭它，因爲它對布列寧有格殺勿論的政策。我討厭這個世界，因爲我必須成爲逃命的人，隨時準備打包逃跑。當然，這些想法太過戲劇性，是過度反應了。但在現實裡，這些念頭給了我藉口：無論如何都要做自己想做的事。眞正的改變不是發生在這世上，而是在我身上。我從阿拉巴馬時期的群居派對動物變成了異類：孤獨者、不適應者、憤世嫉俗者。我沒有歸屬感。我厭倦了人類。我需要將他們的惡臭逐出我的鼻孔。

幾個月後我搬離科克城。隔壁的婦人和她兒子非常難過我們要離開。當你的人生被一隻兇惡的大狗搞得很悲慘，而你的教化對牠一籌莫展時，這時你需要的是更大、更兇惡的狗來看守你的背後。

2

我買了一間看守小屋，位在納克達夫半島，離愛爾蘭南部沿海一個名叫金沙爾的鎮只有幾哩，距離科克城大約二十哩。我第一眼看見這個地方就愛上了。但眞相是，我找尋搬家地點已經好一陣子，總在最後關頭泡湯，大多是由於賣家游移不定。因此當我看見金沙爾的房子，盯著它不到兩分鐘之後，我的反應便是：這間可以。我開了價，對方在十分鐘內接受了價格。這間房子是一七〇〇年代興建的看守小屋，有三呎厚的石牆，上面塗著白色的灰泥，門及窗戶四周的石頭裸露在外。前後門都是棕色的兩截門，上下可分別開關。由於牆的厚度，窗臺也有三呎深。只要外頭有輕微的騷動，布列寧和妮娜總是會站起來、趴在兩截門上，大腳爪伸出門的邊緣。或者，如果門關著，他們會跳起來趴到窗臺上，盯著窗外彷彿在恐嚇什麼。他們幾乎肯定是世上最棒的防盜器。事實上，他們差不多防阻了每一個人。因此我可以理解爲何郵差柯姆有點不情願踏出他的車子。他會坐著按喇叭，直到我揮手表示警報解除。最後，我立了一個信箱，讓他不必踏出他的行動避難所就能投遞郵件。

這屋子的精髓可輕易用兩個詞來形容：小巧、基本。我想就連布列寧和妮娜都覺得它有點原始。總共只有五間房：客廳、浴室、兩間臥室和一個廚房，每一間都非常狹小。不知當初建造者有什麼怪念頭，浴室竟是屋子裡最大的一間，也許是有歷史意義，或是不尋常的目的吧。中央暖氣系統在心情好的時候會正常運轉，不過一旦出問題，我就得走去外頭的鍋爐，和以鍋爐室爲家的老鼠家族協商，取得修理的許可（布列寧和妮娜迅速爲我解決了這特別的難題）。這是我擁有的第一座房子。其他人都覺得我瘋了，才會爲這座潮溼、會漏風的狹小屋子付出過高的價錢，甚至高於金沙爾的高級地段「愛爾蘭美食之都」的房價（許多高價餐廳都決定在那兒開店，原因不明）。但我不需要爲此擔心。依愛爾蘭那陣子的房地產市場情勢，我就算買了雞籠，仍舊能賺上一大筆錢。

我眞正喜歡的是房子的地點。看守小屋所附屬的主屋已經荒廢，這表示布列寧、妮娜和我每天可以在幾百英畝的起伏鄉間奔跑。我們只需走出門外，就會發覺自己置身於大麥田中央，視線所及全是大麥。麥田往下傾斜到林地，林地之外就是海。布列寧和妮娜很快就發現，只要有大麥的地方就會有老鼠。他們也很快就搞懂，要看見大麥田裡的老鼠，就必須有全面的視野：需要跳起來看。這動作嚇得老鼠急忙逃竄。布列寧和妮娜從臨時升高的有利位置，能夠看清楚大麥田裡的動靜，然後飛撲過去。我只能看見他們偶爾跳到空中，緊接著迅速潛入，有如鮭魚從大麥的海裡跳出來一般。身處如此歡樂之境，心情不可能不提振，雖然老鼠的感受可能不同。

麥田往下傾斜到森林裡。林地邊緣是准許獵兔的場所，在這裡，布列寧和妮娜的行為也跟著改變。他們從大麥田的跳躍模式進入悄悄的追蹤：想辦法偷偷摸摸抓住在空地曬太陽的粗心兔子。在這方面布列寧比妮娜拿手多了。妮娜經常太早進攻，白白把獵物送掉；這點我非常感激。自從寫了《動物權利》一書，我就正式且公開地反對為了運動或食物而殺害動物，包括老鼠在內（不過老鼠住在我的鍋爐室時，我常常對此信念睜一隻眼閉一隻眼）。很明顯地，我在對毆打老婆的午夜侵入者使用暴力這件事上，還更有疑慮些。但我真的強烈反對人們殘忍地對待動物。於是我不可思議地變得比以前還怪異：成為道德的素食主義者，注定過完我悲慘的餘生，無法再享受動物肉類帶來的味覺歡愉。因此，我在破壞布列寧一些捕捉野兔的計謀後，不斷地提醒他，這全是他的錯。

3

我離開阿拉巴馬到愛爾蘭的計畫是要在鄉下找間房子，盡可能遠離文明，除了寫作別無事情可做。大多數時候，我非常遵守這個計畫。我交過女朋友，但她們進入我的生命又離開，時間規律得可以用來調整你的手表，而且你可以百分之百肯定我們必然會分手。她們走進我生命可能是因爲我彬彬有禮又機智詼諧（至少是在我可接受打擾的時候），而且我的臉還沒因長年喝酒而毀掉，仍然十分英俊（起碼以一位專業的學者來說）。她們離開則是因爲她們很快就了解我對她們沒什麼感情，還有我在她們身上在意的幾乎只是方便的性欲釋放。我那時的狀況不適合與人分享我的生命。我有其他關心的事。

我想眞相是，我一直以來就討厭與人來往。這不是我會自豪的事，也不是我試圖培養的性格。但我就是如此，千眞萬確。我鬱鬱沉思，隱約領悟到，除了少數例外，我和其他人的關係總是瀰漫著一種感覺，好像我只是在打發時間。酒精就是這樣首度慢慢滲入我的生活。我總是要喝醉才能和朋友一起消磨時光，無論是在威爾斯、曼徹斯特、牛津或阿拉巴馬。並不是說我過得不愉快，相反地，我玩得盡興極了。但我很確定，沒有酒精的話一切將會不同。這不是在唱自負的學術高調、只想與我視爲同樣是知識分子的人交往。學者甚至更令我厭煩。錯誤不是在任何我稱爲朋友的人身上，而是在我。我缺乏了某種東西。此後經過了好幾年，我慢慢明白了，我做的選擇、過的生活，都是回應我欠缺的那一部分。我認爲，對於我最有意義的東西就是我缺的那一塊。

我的職業選擇無疑是這項缺乏的表徵。大概除了純數學或理論物理學的更高境界之外，我們很難想像有什麼比哲學更不近人情的。哲學崇拜邏輯的冰冷、如水晶般的純淨；哲學堅決大步走在理論與抽象的荒涼、結冰的山頂上。身爲哲學家，其存在是孤立的。我一想到哲學家就會想起羅素。他用了整整五年，每天在大英圖書館坐上一整天撰寫《數學原理》，想要從集合論導出數學，這是一項困難得難以置信、具有獨創性的嘗試（但大概也是不成功的）。羅素花了八十六頁、只用集合論的工具來證明他諷刺地稱爲「偶爾有用」的命題：一加一等於二。所以你能想像這本書有多厚。或者我會想到尼采：一名四處遊歷的跛子，從一個國家流浪到另一個國家，沒有朋友、沒有家庭、也沒有錢；他的作品雖然起初有不錯的反應，後來卻只獲得拒絕和嘲弄。而且想像他們付出了什麼。在心智上，羅素和以前再也不同了；尼采則墜落到瘋狂之境（雖然一般認爲可能是梅毒害了他）。哲學在凋零。我們應該給予哲學家弔唁而不是鼓勵。

因此我懷疑自己體內天生就存在一個厭惡人類的人，他一直在等待出場的機會。我早年差不多都把這人存放在盒子裡，但當我到了愛爾蘭，他的時機就來了。由於我的數學很差（在曼徹斯特學過一年的工程學已確切地證明了這點），哲學大概是唯一的職業，讓我能適當地培育這位有抱負的厭惡人類的人。我自願被逐出人類世界，只不過是這個想法的合理延伸結果。而布列寧這匹大惡狼，變成這場自我放逐的象徵。布列寧不僅是我最好的和唯一的朋友。我開始依據他的代表意義來了解我自己：拒絕人類世界的溫暖和友情，擁抱冰和抽象的世界。我變成了寒地之人。我那座會透風的冰冷鄉下小屋，暖氣系統難得起作用，就算眞的運轉也暖和不了屋子；它是個物質的外殼，正適合我新近疏離的情感。

我親愛的父母十分擔心我。我越來越少回家探望，一回去總是聽見他們不斷重複的話：你那樣過日子怎麼可能快樂呢？

4

根據許多哲學家的說法，快樂本質上是寶貴的。他們的意思是，快樂本身就是珍貴的，而不是爲了其他事情才珍貴。至於大多數我們重視的東西，都是因爲它們能爲我們做什麼或得到什麼。比方說，我們重視金錢，只因爲我們可以用錢買到別的東西，如食物、庇護、安全，可能也有些人認爲，包括快樂。但我們看重醫藥，並不在於醫藥本身，而是因爲醫藥能幫助恢復健康。金錢和醫藥都是當作手段而有價值，不是本質上珍貴。所以有些哲學家認爲，只有快樂是本質上珍貴的：快樂是唯一我們珍視它本身的東西，而不是因爲它或許能讓我們得到其他任何東西。

從一九九〇年代末，父母親擔心我的那些日子以來，快樂受到世人更多的注目，不盡然是在哲學上，而是在更大的文化領域。快樂甚至變成了大事業。千百萬英畝的森林獻祭在快樂的祭壇上，爲我們帶來一本本教授快樂訣竅的書。有的政府插手管此事，贊助一些研究告訴我們，儘管我們在物質方面比祖先富裕得多，但我們沒有比他們快樂。「金錢買不到快樂」的證明，對任何政府都非常有用。

最後無可避免地，一嗅到味道馬上就知道有肥缺的學者也參與其中。他們搭訕

（或更精確地說，叫他們的研究生去搭訕）街上的人，問些莽撞的問題，好比：「你什麼時候最快樂？」當然，羞怯與謹愼在二十一世紀初西方美德的萬神殿中排名並不高，許多人眞的回答了這個問題。顯然，他們最快樂是在做愛的時候，而最不快樂是和老闆談話時；這點全部的研究生都一致同意。假如他們和自己的老闆做愛，同時要和他或她談話，眞不清楚他們會變成什麼樣子：可能是苦樂參半的投機者吧。

假如我們針對「你什麼時候最快樂」這個問題的答案是「做愛時」，那麼我們一定是把快樂想成一種感覺：具體說來是歡愉的感覺，因爲那就是美好性愛所產生的。同樣的，與老闆談話會不快樂，想必和談話時的不安和擔心有關，或許還有憎惡、羞辱的感覺。於是快樂與不快樂簡化爲某種感覺，若合併這個概念與哲學家宣稱的「快樂本質上是寶貴的」，那麼會達成一個簡單的結論：生命中最重要的就是要有所感覺。無論你過得好或壞，你生命的品質在於你有什麼樣的感覺。

一個有效描述人的方法，是將人分成沉溺者或上癮者。這種分法只適用一些猿猴，不適合別種動物。一般人不會是濫用藥物的上癮者（不過顯然有些人是），而是快樂的上癮者。有快樂癮的人與有藥癮的人都持續渴望某種東西，那東西對他們既不是那麼有好處，也不眞的那麼重要。但在某一方面，有快樂癮的人明顯比有藥癮的人更嚴重。藥癮者對於自己快樂的來源有錯誤的觀念。快樂癮者則對快樂是什麼有錯誤的觀念。兩者都沒能體會生命中最重要的是什麼。

快樂癮者以各種外形、尺寸出現，來自各個社會階層。他們的手臂、腿部或腳上，都沒有能被認出上癮的跡象；他們不見得需要注射或吸食。有些人是十八到三十歲的快樂癮者。他們每個禮拜五和禮拜六的夜晚，前往市中心喝醉或玩瘋、與人性交，若還不過癮就找人打架（或許即使過癮也打）。一年有一兩次，他們去伊比札島、科孚島、克里特島、坎昆，或者任何該去的度假地點，做完全一模一樣的事情，只是行動更激烈一點。這對他們來說就是快樂。快樂就是歡愉，歡愉代表了快樂。

你不一定要是十八歲到三十歲間才能當個十八到三十歲的快樂癮者：任何熟悉週末夜晚市中心或往科孚島包機的人都能告訴你這一點。有些人一輩子是十八到三十歲的快樂癮者。其他人則隨著年紀變大、行動變慢、身體變弱，而變得更老練。首先，他們擴展了自己的快樂觀念，不再局限於十八歲到三十歲的特徵：赤裸裸的享樂、頹廢的感覺。對成熟世故的人而言，快樂不僅僅、也不主要存在於性愛、毒品、酒精產生的感覺中。他們認同更重要的感覺。一兩杯上等的拉圖堡紅酒，所引起細緻的愉悅顫慄，取代了灌下大量的Stella比利時啤酒後，牽連出的鮮明但時常令人虛弱的享樂。而與陌生人性交的激情，則被一段「認眞」關係的微妙愉悅所取代：從性行爲的程度來看，那差不多也是近乎兄弟姊妹的關係。凱魯亞克曾描述的那想要「燃燒、燃燒、燃燒，如同驚人的亮黃焰火筒，爆炸開來宛如蜘蛛橫過星際」的欲望，轉變爲臉上精練而溫暖的光芒：他們溫柔看著孩子流口水或咕噥著也許是人生的第一個字。

人劃分爲快樂的感覺種類越多，就表示人越來越世故。但不管有多少，還是建立在原來的快樂概念上；不管快樂另外包含什麼，它們都是某種感覺。這就是人類的特色：永無休止、徒勞無功地追求感覺。沒有其他動物這麼做。只有人認爲感覺如此重要。

這樣執著於感覺的後果，便是有神經衰弱的傾向。此症狀通常出現在人的精神焦點從「產生感覺」轉移到「分析感覺」時。你眞的滿意你的生活方式嗎？你的伴侶完全了解你的需要嗎？養育孩子眞的讓你有成就感嗎？檢視自己的生活當然沒有錯。生活是我們唯一擁有的，而過美好的生活是最重要的事。但人的特性是會不當地闡釋此分析必須採取的形式：我們認爲檢視生活和分析感覺是同一件事。當我們分析自己的感覺，審視內心裡面有什麼、沒什麼時，我們獲致的答案時常是負面的。我們沒有自己想要的感受，或者自己認爲應該有的感受。我們怎麼辦呢？身爲快樂癮者，我們會去尋找下一個目標：小男朋友或小女朋友、新的汽車、新的房子、新的生活，任何新的東西都可以。對成癮的人而言，快樂永遠伴隨著新奇和陌生，而不是老舊和熟悉。假如所有的目標都失敗了（時常如此），還有大批索取高報酬的專家會很樂意告訴我們如何訂定下一個目標。

簡單地說，或許人類最明顯、最簡單的特徵是：人是崇拜感覺的動物。

5

別誤會我。我不是反對感覺或性。顯然布列寧也不是。我在愛爾蘭經歷過最炎熱的兩個禮拜是在五月，有天傍晚，布列寧失蹤了。這是他唯一一次不見。我放他和妮娜離開花園，轉身才一秒鐘他就不見了。我只看見他的尾巴消失在牆上，一堵六呎高的石牆。我不意外他能攀爬那堵牆。我驚訝的是他居然想爬。他之前從沒表露出逃跑的意向。等我跑到馬路上時，他已經不見蹤影了。於是我將妮娜放到吉普車上，開車四處找他。我們順著路往下走，幾哩外才發現他和一隻白色的德國牧羊犬正在「做案」。狗主人氣憤極了。不過我卑微的見解是，若你放任發情的母狗在花園裡無人照料，眞的不應該期待會發生什麼好事。

對那隻牧羊犬的飼主來說，結果倒還不錯——他們靠販售小狗賺了一筆錢。此後，布列寧在金沙爾地區有了名氣，而且顯然不少人願意出高價來買他的小後代。我也負起飼養另一隻小狗的責任，因爲我當然想要至少一隻布列寧的後代。我從沒讓布列寧接受閹割手術，因爲不忍心。這可想而知是我雄性的一面。男人只要一想到閹割自己的狗就會流淚，但我們卻能馬上將母狗送去結紮，儘管割除卵巢是更嚴重及侵入性的手術。這就是爲什麼我不需要擔心布列寧和妮娜；獸醫告訴我動手術很安全，我就迅速讓可憐的老妮娜結紮了。我絕不需要另一隻狗。之前，即使我已經把座椅拿掉，布列寧和妮娜兩隻在吉普車的後座也只是勉強剛剛好。若再有一隻狗就得在前座，坐在我旁邊（你知道，這正是後來發生的狀況）。因此，大約三個半月後，我們又添了一名成員：布列寧的女兒。我幫她取名爲黛絲。

我同時承擔了道德的兩難，這比養另一隻狗可預期的不便還要嚴重。其他狼和混血狼的飼主向我提過各式各樣的建議，但我都沒有讓布列寧育種，因爲我知道他的幼狼會長得像什麼：像他。我非常清楚地記得他幼年是什麼樣子，而我知道大部分人不能像我陪伴布列寧小時候一樣，花那麼多時間和幼狼在一起。因此，我相信他孩子的境遇會非常不好。這事情到今天仍困擾著我。我希望他的孩子（現在應該是老狗了）都平安無事。我祈禱他們過著美好的生活。但我懷疑不是每一隻都過得好。對於這一點我很抱歉。

或許因爲不大考慮後果，布列寧似乎十分享受他的性愛小旅行。接下來幾天，他一而再、再而三企圖複製那天的英勇事蹟。當我不再允許他逃跑後，他哭到睡著。所以，誰知道呢？假如布列寧能夠接受「快樂」的問卷調查，說不定他面對「你什麼時候最快樂？」這個問題會回答：「我在做愛的時候。」倘若如此，那眞的非常不幸，因爲他眞正快樂的時光只有那麼一次。當然，如果他生長在荒野，那他很有可能更不快樂，因爲除非他是狼群中領頭的公狼，否則他將不得有任何性行爲。

然而，我懷疑對狼來說，實際上重要的不是性或某種感覺。與人類不同，狼不追求感覺。牠們追逐兔子。

6

時常有人問我布列寧是否快樂。他們眞正的意思是：你怎麼能將一匹狼帶出野外，強迫他過著人類文化與習慣束縛下的不自然生活呢？你這個殘忍、不負責任的壞蛋！我在前文已經談論過這一點。但姑且假設這樣的抗議是有根據的，那麼，我們理應認爲，布列寧在做自然的事時最快樂。性可能是這樣的事。而狩獵也是。

我花了很多時間觀察布列寧狩獵，想要理解他那時究竟感覺到什麼。當他在追蹤兔子時，有什麼感覺？兔子速度飛快、容易滑脫，能在方寸之地變換方向。若是在一直線上拚盡全速，布列寧的速度是比較快，但即使如此，他也沒有兔子那種靈動。因此布列寧必須偷偷跟蹤。而跟蹤的本質是設法重整自己置身的處境。它是要讓周遭世界能傳導你的力量並忽略你獵物的力量。這是個艱苦的過程，我猜想，多半是不愉快超過愉悅。

布列寧的耐心相當驚人。他大部分時間都趴在地上，鼻子和前腿朝向兔子，肌肉繃緊並準備一躍而起。當兔子的注意力分散到別處，他會稍微挪近一點，然後再趴著不動，直到下一個可以移動的機會。我不清楚這過程如果不受干擾的話到底會進行多久，但曾看著他持續了至少十五分鐘。布列寧想要轉變形勢，讓他的力量（在短距離內出乎意外的驚人加速度）壓倒兔子的力量（在方寸之地改變方向）。通常，兔子早在那之前就風聞他的到來（謝天謝地！）。當他明白自己的把戲被看穿，雖然行動延緩了一步，仍會以快到讓人看不清楚的驚人動作攻擊。但大多數時候他是空手而回。

倘若這是布列寧的快樂時光，那麼快樂對他而言是什麼呢？他的狩獵過程中有緊張苦惱，有被迫僵硬的身心，還有必然的衝突：夾在強烈的攻擊渴望與這麼做會帶來災難的自知之明之間。當布列寧面對他最想要的東西，卻必須再三克制自己。他的苦惱只有在偷偷摸摸緩慢靠近獵物時才能稍微減輕。然後，當他停下來，這個過程又會從頭來過。假如這是快樂，那似乎痛苦多過狂喜。

有人可能會說，布列寧只有在抓到兔子時才會快樂。但願不是，因為他難得抓到。而且他的行為表明並非如此。不管成功或失敗，總是看到他事後朝我蹦蹦跳跳而來，眼睛閃閃發亮，興奮地撲到我身上。我十分確定那是一隻快樂的狼。這樣說來，他的快樂就跟他尖牙觸及兔子肌肉的那種欣喜沒什麼關連。

布列寧的狩獵常讓我聯想到我在另一面生活中做的事：哲學。我跟蹤的不是兔子，而是想法。布列寧追蹤的兔子對他來說太難抓到。我追蹤的想法對我而言則是太難思考。假如你下足夠的工夫，是有可能強迫自己去思考一些你以前無法思考的事（而無法思考的原因正是因爲那對你太困難了）。但這樣做是極不愉快的事，會帶來痛苦。首先，在你覺得太吃力的領域中拚命掙扎眞是討厭死了：在那片噁心的泥濘沼澤中，你找不到地標，也無法緊緊抓住岸邊堅實的土壤。然後，或許過了好幾週或好幾個月，思緒逐漸浮現，讓你開始思考。此時就要著手追蹤。你感覺思緒像梗在喉嚨的異物，緩緩地上升、上升，獲得解放的甜蜜希望也隨之上升。但接著你領悟到，這條路走到了盡頭：如梗之物又沉下去，停滯在你體內，堅硬、頑固又不舒服，像腐壞的餐點。然後你看見一條嶄新的大道，內心又湧起希望。你能夠感覺思緒來臨，幾乎、幾幾乎乎快到了。但它尚未準備好，又沉回體內。你無法強迫思緒，正如你無法強迫兔子。只有時機對了，思緒才會出現，兔子才會被抓到。但是你也不能忽略思緒、光是等待；你必須持續對思緒施壓，否則它永遠不會浮現。假如你幸運又勤奮，思緒終將出現，你就能思考一些之前覺得難以思考的事。不可否認這會有解脫的感覺，但思考從來不是爲了解脫。不久你將繼續下一個想法，不愉快的過程又會重新來一次。

快樂不只是愉快的，也是極爲不愉快的。對我來說是如此，我猜想對布列寧也是這樣。我這麼說並不是指那句熟悉的人生雋語：不經一番寒徹骨，哪得梅花撲鼻香。每個人都知道這雋語意思是說，體會美好與經歷艱難有因果關係。除非體驗過不愉快的事情，否則遇上好事時，你將無法辨識出來。但我說「快樂是不愉快的」意思卻非如此。我主張快樂本身就有部分不愉快。這是快樂的必然事實；快樂不可能有別的形式。在快樂中，愉快和不愉快兩方面形成一個牢不可分的整體；它們若是分離，也就沒有了快樂。

7

布列寧喜歡打架。我猜想他打架的時候很快樂。那眞是太可惜了，因爲我從不讓他去打架。我想辦法磨掉他這方面的性格，卻沒有眞正成功過。只有到他年紀老了身體衰弱，我才眞正放心讓他待在其他大型公狗四周。雖然我無論如何不能讚賞他這一面的性格，卻的確能理解。

我還是個孩子時，曾是相當優秀的業餘拳擊手。學生時代，我偶爾利用這項技能來補貼收入。在某些地方，譬如安寇茲和摩斯城，有些未經許可的拳擊比賽，在可移動的祕密地點舉行。不過我儘量避開摩斯城，那裡有太多機伶、敏捷的黑人小孩。你繳交五十鎊進場，然後一整晚打上好幾回合（如果你運氣好的話）。贏了第一場比賽，就能拿回五十鎊。打贏第二場，獎金就加倍。第三場更累積到二百鎊。那段時日為了二百鎊，我連續去了好幾個月。不過一旦你輸了就淘汰出局。我的目標是想辦法贏三場比賽，然後到了第四場時掩飾並逃跑，也就是吃下敗仗，想辦法避開稍後可能會遇到的厲害拳擊手，在未受太多創傷之前離開。

觀眾自然不喜歡這樣，他們會用由來已久的方式來表達不滿：集體發出噓聲並威脅、質疑我的列祖列宗和性能力。但我記憶最深刻的不是這個，而是走向拳擊場的那段路。群眾必然會嗜血地咆哮，而我會害怕到視野縮小，僅能看見一條狹窄的通道。我會感覺兩腿笨拙、難以控制，呼吸變得困難而痛苦。我避掉了嘔吐，只因為我已經吐過了。這些感覺和反應會持續到整個開場結束。但之後，就在格鬥開始前，當我站在拳擊場的角落凝視對面的敵手，任何逃跑的希望破滅時，我就會湧出一股平靜、美好的感覺，從腳趾和手指開始，如浪潮般席捲我的全身。

這是種特別的平靜，因為恐懼不曾離去，只是我不再介意了。我搏鬥時自絕於外，緊緊裹在專注的金色泡泡中。恐懼依舊在那兒，卻是冷靜、正面的恐懼，隨之而來的是某種難以言喻的狂喜。狂喜的情緒源自我正在做擅長的事，但同時來自我的認知：我正在發揮能力的極限，禁不起一絲一毫折損。或許描述這種狂喜的最佳方式，就是將它形容成一種認知。

搏鬥絕不是針對個人的。在金色泡泡中，你感覺不到敵意。這是客觀的、需要智力的努力。將搏鬥形容成需要智力似乎很奇怪，但我這麼形容是因爲它包含了某種知識。此知識是搏鬥特有的，沒有別的方法能夠習得。你知道對方迅速揮出刺拳後，手伸出來的時間正好多久。即使看不見他的手，你也清楚這一點。你知道當他使出右交叉拳時，腳步會如何移動；你不需要盯著他的腳看也知道。在專注的泡泡中，以及肉體、情緒兩種能力都發揮到極限下，你能知道一些以別的方法無從得知的事。他揮出刺拳後，手多停了零點零幾秒，而你將頭躲開，在他的臂彎裡還以一記左交叉拳（看得懂發生什麼事的人，將能從這段敘述推論出我是左撇子，假設那個對手打法正統的話）。如果你的拳頭撞上他的下巴，一記乾淨俐落的撞擊，你就會感到狂喜。這不是因爲你恨你的對手。相反的，在你專注的泡泡中，你對他毫無感覺，既不喜歡也不討厭。你感到狂喜，是因爲你嚇得魂不附體，卻仍冷靜、沉著。搏鬥不僅是要了解你的對手，更是要了解自身的困境：你正走在懸崖邊緣上保持平衡，無論朝哪個方向踏出錯誤的一步，都會帶來災難。

當生命最情緒化的時候，也就是生命因此最充滿活力時，你不可能將狂喜與恐懼區分開來。你知道你的每個動作隨時可能毀滅，這不只促成了最強大的狂喜，同時也與狂喜融合，成爲其中的一環。恐懼與狂喜是一體兩面。狂喜絕非純然的愉悅，它必定也是極爲不愉快的。

8

神義論試圖找出生命不愉快的原因。如這名詞所揭示的，它傳統上訴諸於神：神依神祕的方法行事、測試我們、給予我們自由意志等等。但同時也有一種我們可能認爲是無神的神義論，最著名的或許就是尼采的理論，他將痛苦與苦難視爲變強的必要手段。歸根究柢，所有的神義論全是信仰的行爲，因爲它們都明白涉及或內含了「生命有目標或目的」這個概念。生命有意義，而神義論的目標就是在此前提下確認恐懼、痛苦和苦難要置於何處。因此，我們最困難的事不僅是要認清生命沒有意義，還要去理解，爲何「生命有（或應該有）意義」這個概念把我們帶離了眞正重要的東西。

我不是想替痛苦與苦難辯解，也不是想提供一種神義論。生命沒有意義，至少沒有人們通常認爲的那種意義，因此痛苦與苦難並沒有促進生命的意義。儘管如此，我不久便學到生命可以有價值，而且那是因爲發生在生命中的某些事情。坐在高高的草叢裡注視布列寧追蹤兔子，這件事教導了我：在生命中重要的是，要確認你追逐的是兔子，而不是感覺。生命中最棒的部分（那些我們最快樂的時刻）是既愉快又極爲不愉快的。快樂不是感覺，而是存在的方式。假如我們聚焦於感覺，就會忽略了重點。不過我也很快就學到了相關的教訓。有時候，生命中最不愉快的時刻反而是最有價值的。它們能成爲最有價值的時刻，單純是因爲它們是最不愉快的。未來總會出現許多不愉快的時刻。

第七章 地獄的一季

你可能永遠不必面臨這樣的處境。但你必須隨時做好準備。愛有時候令人作嘔，可以讓你永世受罰，能讓你陷入地獄。可是，假如你運氣好，倘若你非常幸運，愛會使你再度復原。

1

我們在愛爾蘭待了五年左右，在那裡的生活安定下來後變得很規律，這可以預料得到，對我的工作也很有利。我早上睡到自然醒，然後和布列寧以及兩個女孩一起出去跑步，跑過田野，下到海邊。跑完後開車進科克，如果遇到教學上需要處理的義務便處理一下，接著去健身房。通常大約六點到家，我會開始寫作，一直持續到半夜兩點左右。

自從妮娜成爲家中一份子後，我決定在上班時將布列寧留在家裡。他年輕時的破壞力如今已顯著地衰退。妮娜顯然想盡最大的努力接布列寧的棒，但就算她破壞得再嚴重，她的獨創性和力量從來都比不上布列寧。他不高興被留在家裡，我也很想念他出現在我的辦公室和教室裡。有時候，課講到一半，我會看向教室的角落，以爲會看見他，然後一瞬間會大爲震驚，直到想起他其實待在家裡。但我認爲對一隻幼小的狗如妮娜來說，讓她單獨留在家裡非常不公平，尤其是她會看見布列寧和我開車離開。可是，等到黛絲來了之後，變成由她陪伴妮娜，我們又回復到以往布列寧陪我到處走的舊例。

黛絲有一半狼的血統，她的破壞力大概是布列寧年輕時的一半。但那就夠糟了。她差不多啃了屋子裡的每樣東西。她長牙齒時，祖母遺留給我的貴重古董椅子撐不到幾個禮拜。隔開廚房和洗衣間的那面牆是石綿材料，她短短一個下午就咬穿過去，或許是全心全意、努力地想要獲得到後花園的自由，最後卻無功而返。她遺傳了布列寧年輕時對窗簾的愛好，同時也非常迅速地學會如何打開廚房的櫃子，爲了是要呑掉裡頭放置的物品，不管究竟可不可以吃，這對她來說沒有太大的差別。我在櫥櫃裝上防止小孩開啓的門閂，她連門閂也啃掉。最後，她停止浪費時間，直接啃了櫃子本身。在她某一天午後的破壞行動中，我喪失了這間房子的房契：黛絲吃掉了。至少，我認爲是黛絲。因爲有兩隻留在家，我從來無法眞正有自信地分派責任。但無論如何，我慘了。幾乎不能帶他們三個和我一起到教室去。

我傍晚到家後，會先悶悶不樂地仔細查看下午慶典的殘骸，然後才開始寫作。我寫作時，習慣手邊隨時有瓶傑克丹尼爾，或金賓，或派蒂等不同的威士忌。而因爲我通常一寫大概要花上八個小時，我不常記得有上床去睡覺。在愛爾蘭過了五年的成果是，儘管幾乎每晚都喝醉，我寫了六、七本書，範圍從心靈意識的本質、自然的重要性，直至動物的權利。很顯然地，這些書也不全是垃圾。令我驚訝的是，所有傑出的期刊上都有關於我著作的書評。而且讓我十分訝異的是，幾乎全部的評論都非常正面。在我離開阿拉巴馬時，絲毫不願意與我沾上邊的機構，現在紛紛邀請我去工作。

起初，我抗拒搬家的念頭，因爲我不想奪走布列寧和兩位女孩如此喜愛的鄉村生活。可是，後來因爲從一地到另一地，似乎是我生命中相當常見的主題，於是我想我們可以去倫敦試個一年，再看看情況如何。我向科克請假，接受了來自倫敦大學柏貝克學院的邀請。

我最初有點擔心搬家的實際問題。要是你，剛看了前面幾頁，還願意把房子租給我嗎？我：一名酗酒的作家，身邊跟著三隻凶猛、具有強大破壞力的犬類。你還想租給我的話，那一定是瘋了。因此當我計畫帶著一隻半的狼，和一隻半的狗搬過去時，在倫敦租屋的第一條規則顯而易見：隱瞞。「對，我有一隻小狗。可以嗎？」這不盡然是說謊，而比較像是誇張說法的相反詞，你喜歡的話，可以稱爲「低調說法」。這是爲了達到效果而輕描淡寫，其效果是你眞的找到人願意租房子給你。好吧，那是說謊沒錯。你接著漫不經心地隨便問幾個問題，探問房東的住所：「房東住在本地嗎？肯亞？好，我租了！」

於是，就在聖誕節前，我將布列寧、妮娜、黛絲放到吉普車上，布列寧和黛絲在後面，妮娜坐前座，她喜歡坐那裡，我們搭渡輪到英國，與我父母親一起度過聖誕節，之後再繼續開車到倫敦。由於上回和布列寧在愛爾蘭渡輪上，發生有點不幸的插曲，這次我轉而改搭史坦娜，主要是因爲他們有大型木製狗舍，可供你在航行期間寄放狗。不過，布列寧不喜歡在旅行時被寄放在狗舍，他通常會大肆破壞狗舍來表達不滿。每次我在橫渡之旅快結束的時候下去，他都一定是在汽車甲板上自由地奔跑，惹得那兩隻女孩齊聲發出尖叫和怒吼，因爲她們無法像他一樣大解放。在我們後來轉搭史坦娜後，有一次我在航行將盡時走到下層甲板，發現有位讓我滿懷感激的木匠正在修繕損毀的狗舍。他顯然很高興見到把這額外的工作丟給他的人。我也認爲他相當正確地摘要了全部的情況：「我不明白他們爲何不准許他到上層陪你，他比半數的乘客都要來得乾淨呢！」無論如何，正如你可能猜想到的，我期待在可預見的未來，我們無需再飄洋過海了。就算我需要，我很肯定史坦娜也會禁止我們上船。

之前有好幾個禮拜的時間，我都將布列寧和兩個女孩留在我父母家一天，最後終於找到一間兩房的小屋，離溫布頓森林公園區只要幾步路。我認定占地一千一百畝遼闊的鄉間（或者如果把鄰近的里奇蒙公園算進來的話，總共有四千畝廣闊的鄉間），到處遍布著毛茸茸的小動物，牠們生活的目的就是被追逐，這將完全適合布列寧和兩個女孩。結果的確如此。

我們每天早上會到園區跑步，因爲在我敢冒險去上班前，需要先讓他們耗光體力，我們會穿過錯落的林地，和倫敦蘇格蘭高爾夫球場，這大概是全世界唯一狗擁有路權的高爾夫球場。這路程大約五哩，但布列寧和女孩們起碼跑了三倍遠的距離。他們每次一看見松鼠，就會衝進林子裡去追。實際上，甚至不用眞的看到，只要樹叢裡一出現窸窸窣窣的聲響，就足以讓他們爆發了。幸好，這些松鼠動作飛快，而布列寧的速度漸漸遲緩下來，妮娜或黛絲都不曾眞正學到他狩獵的本領。因此，與我們每日遠足相關的松鼠和兔子的死亡率非常低。事實上，我們待在那裡的一年內，我想他們只成功地殺了一隻松鼠，對照他們獲得的無窮樂趣，只附帶這種程度的死亡率，我認爲是可以接受的。每回追逐完畢，他們會蹦蹦跳跳地回到我身邊，氣喘吁吁、眼睛發亮，我會對他們說，「嘿，這是《獸面人心》一書作者養的狗該有的行爲嗎?!」

等我們回到吉普車上時，他們三個全都累癱了，尤其是布列寧，如今他緩緩地從中年滑向老年。那一天剩下的大多數時間，他都在沉睡。我已經無法將帶他和我一同去上課列入生活的選項，因爲以他的年紀，他可能無法輕易地適應如謎團般錯綜複雜的倫敦地下鐵。我將他們三個一起留在家時，會給每隻一大根百老匯路上的寵物店買來的煮熟膝蓋骨。這是他們僅能吃魚的飲食中些許的消遣，爲了是不讓他們毀了房東的屋子。那一年裡，我花了一大筆錢，那些膝蓋骨一根約五鎊左右，不過，比起買新廚房還給房東，應該還是便宜多了。難以置信的是，我們住在那裡的那年，他們沒有對房子造成絲毫損傷。我們離開時我清過地毯，我發誓你不會知道那裡曾經住過犬類。我不知道是因爲妮娜和黛絲正好成熟了，還是膝蓋骨讓她們很開心，或許是布列寧讓她們要守規矩？無論如何，我毫不質疑，只歸因於我的一生都很幸運。

幸虧沒有發生毀滅或災難的事件。但有一次，我回家時的確看到非常令人發笑的畫面，我稱爲三隻肥狗之夜。這標題雖不夠精確，但唸起來比兩隻肥狗和一隻肥狼之夜要來得順口。那次是我的錯。在柏貝克我們只有晚上的課。下課後，我一反常態地和幾個朋友在ＵＬＵ（倫敦大學學生會酒吧）碰面，靜靜地喝了幾品脫的酒。結果我搭最後一班地鐵回家，到家時間不確定，但已過了午夜。發現他們三個設法撬開狗食儲藏室的門，而且已經將一袋二十公斤的狗乾糧吃了大半。一看到我醉醺醺地滾進來，他們試著跳一段平息、安撫我的舞蹈，那是平時每當他們知道自己做了會讓我不高興的事時，就會表演的舞蹈，包括小跑步到我身邊，耳朵向後、頭低下、鼻子貼到地上。然後誇張地搖動尾巴，搖擺動作之大，簡直全身都在搖而不只是尾巴。這支舞，妮娜和黛絲跳了大半輩子，幾乎每天都跳，布列寧自己也並非不熟悉。然而，今晚這場表演迥然不同，他們三個實在太肥了，沒辦法有說服力地成功演出。他們想要向我跑過來，但只能勉強搖搖晃晃走來。他們試著表演平常安撫我的全身搖擺。但當你的身體跟身長一樣寬時，實在很難搖得起來，因爲已經沒有剩下什麼東西可搖。他們很快就放棄了，癱趴在地板上。如果我當時很清醒，當然可能會擔心他們這樣暴食是否對自己造成任何永久的傷害。但因爲我完全神智不清，所以只是笑一笑就上床了。第二天早上，我說，「你們想要去散步嗎？」這是我們每天慣例的開場，平常他們的反應是一邊嗥叫，一邊在屋子裡跳來跳去，偶爾還用鼻子推推我要我走快一點。今天首度沒有回應。他們的頭繼續牢牢地黏在地上。其間曾稍微抬起眼，但我想，他們只是依目前的情況，無言地哀求我別逼他們做任何事。我想他們那天感受到的大概最接近狗的宿醉吧。我很能諒解，因此讓他們那天睡了一整天，倒不是說如果我跟他們立場顛倒的話，他們也會爲我做同樣的事。

2

尙米歇爾六十多歲，看起來活得很愉快。尙米歇爾很享受生活。他喝了太多白蘭地，抽了太多雪茄。但或許他生活中最大的樂趣是釣魚，我就是那樣遇見他的；他經常在我居住的海灘釣魚。他上班時必定遲到，而且不只是晚一點點。但在南法遲到與否不那麼重要，在那裡緩慢是正確的生活方式。更何況，他是老闆。他在貝濟耶市內當獸醫。我之所以會遇到尙米歇爾．歐帝逵，是由於我的命運完全預想不到、幾乎不可能地好轉。但，在組成我生命如雲霄飛車般高低起伏的旅程中，任何這類的好轉通常都緊接著極其討厭的事。這一年也不例外。

首先是好的一面。我在倫敦的生活其實沒上軌道，主要是因爲我又懶惰又不愛交際。我會教課，但僅此而已。我沒努力去認識我的新同僚，甚至也沒盡量在大學附近露臉，我很快就得到「幽靈」的封號。但我沒有完全濫用時間。我將寫作時間切割成兩部分。從下午七點左右開始，前四、五個小時，我寫嚴肅的哲學文章。我說的「嚴肅」，指的當然是極爲專門的哲學，讀者大概只有幾百人。在學術界，如果你的作品擁有幾千個讀者，你就是超級明星了。這種作品會發表在專業的哲學期刊，或是由大學出版社，如牛津、劍橋和麻省理工學院所發行的書上。到了晚上的下半場，通常是午夜過後，當傑克丹尼爾、金賓或派蒂眞的開始發威，我便改爲寫些風格迥異的東西，而最後成果是一本叫做《宇宙盡頭的哲學家》的書，以風靡一時的科幻電影爲媒介來介紹哲學。讀過此書的人應該都會輕易相信，這本書是在不同階段的酩酊狀態下寫成的。可是，讓大家（其中絕大多數是出版商）驚訝的是，這本書銷售得非常好。事實上，甚至早在書出版之前，海外版權就賣掉了，錢滾滾而來。所以，在倫敦的工作期限結束後不久，我出乎意外地坐擁一筆現金，不是一大堆，但足夠讓我支撐好一陣子。我對於該怎麼運用這筆錢沒有概念，但我已厭煩了連綿不斷的雨，我發誓我住在愛爾蘭的每一天都下雨。因此我在南法租了一間房子，打算嘗試全職寫作。就這樣，我們全都搬到朗格多克中心的小屋。

這間房子位在村莊的邊緣。四周是令人驚歎連連的自然保護區，由歐伯河的河岸三角洲所構成。這自然保護區一部分是鹽水潟湖：在當地稱爲maïre（麥兒），是歐西坦語（譯注），與英文「泥沼」同義，音也大略相同。這區域的特色就是這保護區內群集了許多黑色公牛、白色小馬和粉紅色的火鶴。每天早晨，我們會穿過保護區，走下海灘游泳。我認爲布列寧和女孩會喜歡上法國的生活方式，事實證明的確沒錯。

不過，我們搬家後一個月左右，布列寧生病了。事後想想，其實在我們離開倫敦之前，我便注意到他開始缺乏生氣。一開始，我歸因於他上了年紀。但是他晚餐的食量逐漸減少，少到我必須誘哄他進食。因此，我立刻帶他去看獸醫——我在法國知道的唯一一位獸醫，也是少數認識的人之一：尙米歇爾‧歐帝逵。我對這次看病並沒抱持期待。尙米歇爾一句英文也不會說，而我在學校學的法文，實在無法應付那時候醫療諮詢的需求，即使只是獸醫的醫學。但我也沒預料會有什麼嚴重的問題。我以爲他會告訴我，布列寧只是老了，天氣又熱，他當然不會像以前一樣食量那麼大。

然而幸運的是，尙米歇爾非常認眞地看待他的工作。我們星期三早上十一點就診，他十一點十五分做完血液檢驗。布列寧十一點半就在手術刀下。尙米歇爾檢查時，摸到布列寧的腹部有個腫塊。結果他告訴我，這是脾臟腫瘤，而且已經快要破裂。他取出布列寧的脾臟，因爲沒有脾臟也能活得好好的。我大爲震驚地回家。但不可置信地，那天傍晚，布列寧已經站得起來，雖然步履有點不大穩，我可以帶他回家。尚米歇爾跟我說，他沒看見其他癌症的跡象，幸運的話，表示這是初期而非第二期的腫瘤。血液檢驗報告大概一週內會回來，到時就能更進一步的確認。我先帶他回家，讓他休息，兩天後再帶他回去複診。

你永遠能從尚米歇爾身上看得出來，治療是否進行得很順利，或至少看來好像很順利，因爲那時他會忙著他最喜歡的另一項消遣：胡扯。法文不是我的強項，大半的話我都完全聽不懂，因此他捉弄我的笑話，永遠不能太微妙或機敏。他會認眞地盯著我看，嚴肅地說，Ce n'est pas bon。情況不大好，然後搖搖頭。但過一會兒他又看著我，咧開大大的笑容說，C'est très bon！情況非常好。當然，因爲法文不好，我得非常專心地思考他說的話，所以每次都上當。

手術兩天後，就在我們回診後出現了併發症。我從獸醫那裡開車回來時，感覺

譯注：歐西坦語（Occitan）：又譯為奧克語（Langue d'oc），為印歐語系羅曼語族的一種，主要通行於法國南部、義大利的阿爾卑斯山谷，以及西班牙的Val d'Aran等地。

比前幾天要快樂些。尚米歇爾非常有信心。我漸漸希望最後一切可能會沒事。布列寧十歲了，我知道他不會再待在我身邊太久。但我還沒準備好要失去他，假如我能做好心理準備的話。但是我開始希望，也許他能躲過這顆特別的子彈。

回到家，當我幫助他下吉普車時，我發現他的臀部滿是血。我立刻匆匆忙忙帶他回獸醫那裡。布列寧的其中一條肛門腺受到感染，我和尚米歇爾都沒有注意到這個情況，直到血液從肛門汩汩流出。所以現在布列寧必須承受進一步的屈辱，要剃掉臀部的毛。尚米歇爾割開肛門腺，讓感染原排乾淨。醫生加開混合的抗生素讓布列寧服用，我再次帶他回家。真正的恐怖從這裡開始。

尚米歇爾告知我，讓感染的部位保持乾淨的重要性攸關生死。這意味著我必須每兩個小時清洗布列寧的屁股，用溫水以及某樣東西，按照我的翻譯，他指的是「女性肥皂」。顯然這是法國用品，但可以在任何藥店買得到。於是，在我非常期待做的事物清單上又增加了一件：去村裡的藥房，向櫃臺後面那位相當有魅力的女人詢問，是否有女性肥皂，而萬一我的字彙或文法行不通的話，或許還要加上補充的手勢和動作。在徹底將老布列寧的屁股擦洗乾淨後，還得沖洗肛門腺。也就是說，我得拿著塡滿抗菌溶液的注射器，插進布列寧敞開化膿的肛門腺，然後注射藥水。我必須不分晝夜每兩個小時做一次。醫生告訴我，布列寧能否康復的關鍵，在於確保肛門腺的感染沒有擴散而感染手術後的傷口。

尚米歇爾叫我第二天帶布列寧回診。經過完全無眠的一夜後，我帶他回去了。等我到了獸醫的辦公室，布列寧的另一條肛門腺也淪陷了，血傾洩出來滴得到處都是。「Mon Dieu（我的天啊。）」尚米歇爾說著，他重複昨天的步驟，剃除布列寧臀部剩下的毛，切開另一條腺。我回到家過了一個漫長的週末，盡清洗和沖洗兩種職責：每兩個小時，不分晝夜。就算在沖洗與沖洗之間，我也無法睡太多。爲了防止布列寧舔了第一個傷口，又去舔另一個，我替他戴上塑膠製手術護頸套。很明顯地，他非常厭惡。他表達不滿的方式，就是以頭套去衝撞牆壁、桌子、電視機，以及其他任何碰得到的東西。

布列寧當然不想要接受治療。從他的眼光來看，他週三去看獸醫，感覺僅僅有點不舒服，但現在每兩個小時就要忍受一種接一種的酷刑。而且，雖然他不像往常那麼強壯，但還是很強壯，他會盡一切辦法，不讓我碰觸他的臀部。因此我必須朝他走去，困住他，抓住他的頸套，將他拖到放著一碗肥皂水、海綿和注射器的地方。然後我得強迫他趴在地上，他掙扎的時候還要跨坐在他身上，直到他太虛弱無法掙扎，再開始清洗和沖洗。我清洗的時候，布列寧只能躺在那裡悲鳴。聽他哀嚎是這過程中我最難受的一件事。

我帶布列寧再回去複診時，他的手術傷口與肛門腺交叉感染了。那天我稱之爲黑色星期一，緊接在黑色星期五，他的第一條肛門腺感染那天，以及黑色星期六，他第二條肛門腺也感染的那天之後。他如今變成一匹病得非常、非常嚴重的狼。尚米歇爾給的混合抗生素沒有效果。星期五，尚米歇爾採樣了傷口上的一塊紗布，送去實驗室檢驗，要查出是哪種細菌感染，更重要的是，找出布列寧對哪種抗生素有反應。可是，送驗結果要好幾天後才會回來。在這段時間裡，我們試了別種抗生素，efloroxacine，過去曾證實這種抗生素能成功地對抗相當頑強的品種。同時，尚米歇爾必須重新切開布列寧手術的傷口，好挖出感染的部分。接下來的幾天，我仍持續每兩個小時清理、沖洗他的屁股。但我現在還必須對他的腹部做同樣的處理，當然是用不同的注射器。

我星期三再度帶他回診時，消息雖不妙，卻不是完全無法預料的。布列寧感染的是對抗生素有極強抗藥性的大腸桿菌，在很多方面類似MRSA（抗甲氧苯青黴素金黃色葡萄球菌）。據推測，這種細菌應該在手術前就存在他的腸子裡，他的免疫系統變弱以後，就再也抵抗不了細菌。結論是他幾乎肯定會死。

最後我們孤注一擲，尚米歇爾決定試試老式的作法。在抗生素風行的現代，幾乎沒人再用這種方法了。你聽過人做膝蓋重建、肩膀重建吧。嗯，可憐的老布列寧事實上就是做屁股重建。尚米歇爾發現他的屁股儘管潔白無瑕，卻散發出細菌的惡臭，並且注意到肛門腺下面部分出現腫脹，於是他認定布列寧現在的問題是，犬類肛門腺的進化絕非是最理想的狀態。對犬類來說，肛門腺或許非常善於儲存味道，好讓他們標示地盤，但在排出不需要的細菌感染時，卻不大有效。因此，尚米歇爾再一次將布列寧置於手術刀下，如果我的翻譯能力沒有讓我理解錯誤的話，他要將布列寧的肛門腺往南移個一吋左右（你能想像雙方要比多少手勢，花多少張草圖，才能成功地將這個概念傳達給我）。我不太清楚細節或是技術，但尚米歇爾告訴我，如此一來，感染會自然而然排出，而不是被困在體內。但他和我，都沒有抱持太大的希望。

3

我當晚再次接了布列寧回家，準備迎接死亡。我很難表達那些日子感受到的孤立、寂寞和絕望。真正的恐懼並不在於我領悟到我即將失去布列寧。所有的生命都會有盡頭，而我很滿意他過的這一生，只除了他遭監禁的那六個月。我相信他也很滿意。我恐懼的地方在於，爲了讓他活下去，我做了我必須做的事。當然，他的傷口很噁心：發出腐爛的惡臭，臭味瀰漫整間屋子。但恐懼與這一切無關。恐懼在於我必須強加痛苦在布列寧身上：我必須每兩個小時施加痛苦在他身上；這些痛苦幾乎肯定只是徒勞。我想，痛苦的核心是某種孤寂。這不是我的孤獨——我的孤獨無關緊要。這是我的男孩布列寧的孤獨。

布列寧嚇壞了，雖然我全力安撫他，仍無法改變這一點。同時他也可能疼得厲害，雖然這點我無法確定。但我確定的是，我仍持續每兩個小時不分晝夜地清理他的傷口，這個動作讓他非常疼痛。清理和治療他的過程，必然伴隨著他低微的哀鳴，甚至是高分貝的尖叫。我相信我逐漸失去布列寧的愛。這想法令我毛骨悚然，卻無法帶給我們解決目前處境的力量。只要布列寧能夠好轉，我心甘情願讓他下半輩子都恨我。這是在睡眠被剝奪的精神狀態下，我和上帝達成的許多交易中的一項。大難果然臨頭，我的狼寶寶如今老了，在我面前漸漸死去。眞正可怕的是，布列寧會以爲自己失去了我的愛。我反覆不停地想，他會記得他生命中的最後幾天，被一個應該愛他的男人折磨。我背叛了他、遺棄了他。而我不是唯一背叛他的伙伴。妮娜和黛絲被布列寧的大塑膠頸套嚇到。每當他走過去她們躺著的地方時，她們就起身走到房間的另一頭。這景象令我心碎，我想其中小小的一片永遠塡補不回來了。當人們意圖引人關注時經常會說，我們全都會孤單地死去。我不知道這是否是眞的。可是，儘管能輕易人性化描述這些處境，依然會得出無可避免的結論：布列寧一定覺得極度的孤單、被背叛、遺棄，甚至是遭受曾是他生命重要伙伴殘忍地對待。

我在道德議題上相信結果論。我相信行爲是否正確，完全取決於該行爲所產生的結果。我是那種相信通往地獄的道路是由善良意圖鋪成的人，我不相信意圖。我認爲意圖經常只是面具，面具中的面具：是我們用來掩飾眞正動機的醜陋眞相。我告訴自己，我會爲布列寧做任何類似情況下，我希望別人爲我做的事。我不會只是爲了盡人事而想辦法讓他活下去，因爲我不希望別人只是爲了盡人事，而讓我活著。但是，如果我有復原的希望，並且復原後能過著充實滿足的人生，那麼我會希望有人能爲我奮鬥，即使我不明白他們在做什麼。因此，我告訴自己，我應該爲布列寧奮鬥，就算他不明白我在做什麼，就算他不希望我這麼做。這是我一遍又一遍地告訴自己的話。但或許實情是，我只是還沒準備好，我還不夠堅強，足以面對沒有布列寧的生活。或許我表面上高貴的信條：對布列寧做我希望別人爲我做的事，只是張面具，下面隱藏了我尚未準備好的事實。誰知道我眞正的動機是什麼？誰知道究竟是否有所謂的眞正的動機？並且，我坦承地說，誰在乎呢？

逼迫布列寧吃這樣的苦，並且讓他極有可能就在受苦中死去，我那篤信結果論的靈魂開始動搖。我讓我過去十年的生命中最忠誠、最重要的伙伴，在飽受痛苦和恐懼中死去，在覺得自己正被所愛的同伴遺棄中死去。倘若布列寧死了，我現在所做的就是不可原諒，也不應該原諒的事情。另一方面，假使我就這樣放棄呢？假使布列寧還能痊癒，我卻放棄了呢？我想，我們如此緊緊地抓住意圖不放，是因爲結果是這般的無情。如果我們做了，結果指責我們；但往往如果我們不做，結果同樣指責我們。對我們這些結果論者來說，經常只有運氣，純粹的運氣，才能解救我們。

4

布列寧漸漸痊癒了：雖然難以相信，卻是眞的。約末一個月以後，我不太清楚確切的時間，我從片段幾分鐘的睡眠中醒過來，他的狀況有點不一樣。我無法正確地指出差別在哪，但的確有些變化。現在我明白是什麼了：布列寧在看著我。如今我才領悟到，過去一個月來，他一直避開視線不看我，或許是因爲他以爲一旦對上我的目光，我就會想起來該強加痛苦到他身上。但當時我並不知道。我當時第一個念頭是，時候到了。我之前看過狗和人死去的情形，知道在瀕死前的那段時間，經常會有迴光反照的情形，在那幾個小時內，他們看起來好像比較強健，但這只是他們即將不告而別的前兆。但布列寧沒有離開。接下來幾天，他持續復原，活力漸漸地擴散到全身，如同喃喃耳語的謠言傳過群眾，這謠言緩慢但穩當地在我眼前轉化成許諾。他的食欲增加，氣力慢慢恢復。一週後，睽違了整整超過一個月，我們首次準備好去散步，在保護區和緩地漫步、看火鶴。當然，我仍繼續替他清洗和沖洗傷口，這還要持續好幾個禮拜。但感染已經控制下來。布列寧不再反抗我的服侍；現在他只是耐心地躺在那裡，直到我做完該做的事。

一回想那段日子，便有種恍惚的不眞實感。足足一個多月，由於爲布列寧治療的迫切需要，我幾乎完全沒睡。有時會累過頭而睡著，但我覺得那只歷時幾分鐘而已。有時候我醒過來，一時間會忘記布列寧生病的事實，但緊接著便會意識到腐敗的惡臭，於是，驚懼無望的心情又重新占領我的意識。甚至再過幾天後，我開始產生睡眠被嚴重剝奪後的錯覺。幻覺有好幾種，但最常見的一種是我死了後下地獄，永遠在那裡照顧生病的布列寧。

特土良（譯注），最邪惡墮落的早期基督徒（這點說明了一些事情），有幅偏好的地獄景象：沒有獲得救贖的人遭受惡魔的凌虐，惡鬼拿著熱得發紅的乾草叉，戳進他們的臀部，諸如此類的景象。另一方面，獲得救贖的人則坐在天堂包廂的雅座裡，開心地笑看底下被打入地獄的人受苦受難。對於這景像，除了輕視特土良外，很難有別的感受，可能還會覺得他的內心必定怨恨很深，才會在腦海裡想像出這樣的天堂與地獄。對特土良來說，天堂是個滿懷惡意的地方，但這只是反映出他自己懷恨的靈魂。至於地獄，我倒認爲特土良的想像還相當溫和。

如果地獄不是你受苦、受虐待的地方，而是你被迫去折磨、凌虐你的至愛的所在，那樣的地獄更悲慘。即使你做了會感覺噁心，但你被逼著做，那種強烈的反感會滲透你的全身，甚至到靈魂深處。你不得不去做，即使如此會讓你失去世界上最珍貴的東西：他們的愛。但無論如何，你還是做了，因爲這麼做是爲了他們好，在這一點上，我們發現地獄的精神。地獄是即使讓你自己選擇，你仍然選擇去做，因爲另一個選項更糟。這比特土良的地獄要恐怖多了。假如我身處這個地獄中，我會立刻和特土良所說被打入地獄的人調換位置。布列寧瀕臨死亡的那段日子裡，我一直認爲身處地獄：被迫折磨我所愛的狼，只因爲這是爲了他好。但這會是個奇怪的地獄，正如特土良描繪的也是很奇特的天堂。特土良的天堂居住著心懷憎恨的人。我的地獄裡則住著充滿愛的人。我喜歡想成，懷恨之人永遠無法上天堂，而懷著愛的人永遠不會下地獄。但我內心的結果論者並不允許我相信這點。

譯注：特土良（Tertullian）：基督教著名的神學家與哲學家，其使用的神學方法，主要以寫作思辯性的基督教神學與反對異端的著作為主。

5

人們一向都宣稱自己愛他們的狗。我確信他們眞的如此認爲。但是，相信我，在你得要每兩個小時清理一次狗兒臭氣沖天、化膿、充斥著病菌的屁股，長達一個多月之前，你眞的不知道。我們通常認爲愛是種溫暖、柔軟的感覺。但愛有許多面相，這只是其中之一。

當布列寧病入膏肓時，我是各種情緒的混合體，隨意交錯著各式各樣的感覺、情感和渴望，沒有一種情緒夠持續，或夠凸顯而能稱之爲愛。多半時候，我都處在一種彷彿臉上挨了一拳，感覺自己呼吸急促、顫抖不止、頭暈目眩、噁心想吐的感覺裡。大多時候，我覺得自己彷彿走進，或穿過，流沙；恍若四周的空氣有部分凝結成黏稠的燉湯，因此不可能出現什麼自發的動作或想法。通常，我只是感覺麻木。到某個時間點，當我確定他將會死去時，雖然我不願意承認，但卻是眞的，我幾乎感到寬慰，我想著如果待會兒我過去幫他清洗、沖洗，他沒醒過來，或許那是最好的結果。

感覺、感覺、感覺：全部都有極大的影響力，有的感覺幾乎無法抵擋。但沒有一種眞能比擬我對布列寧的愛。這裡提到的愛，是亞里斯多德所說的philia（友愛）。是對家人、對群體的愛。與熱烈地渴求性愛的eros（愛欲），以及客觀地愛神與全體人類的agape（神愛）不一樣。我向你保證，我對布列寧的情感絕非情色。我愛布列寧的方式也不是如聖經上說的，我應該愛我的鄰居，或愛我的神那般。我愛布列寧如同兄弟。而這種愛，*友愛*，不是任何一種感覺。

感覺可以是*友愛*的表現，可以伴隨著*友愛*，但不是*友愛*本身。我爲何感覺麻木和噁心呢？我怎麼能因爲布列寧可能迫近死亡，而感覺到寬慰呢？因爲我愛布列寧，幾乎——感謝天，幸好還不到完全的地步——已經無法承受讓他如此受苦了。這麼多的感覺，雖然或許迥然不同且不相關連，但全都是愛的表現。可是愛不是任何一種感覺。有太多感覺，在不同的背景下，可以伴隨著*友愛*，但*友愛*無法等同於任何一種感覺。而且*友愛*可以無須感覺，獨立地存在。

愛有很多面相。如果你愛，你必須堅強到足以面對愛的所有面相。我認爲，*友愛*的本質比我們願意承認的更爲嚴酷，更爲殘忍。有樣東西缺乏了*友愛*就無法存在；但無關感覺而是關係到意願。*友愛*（適合你群體的愛）是你有意願爲群體中的人做事，即使你極其不想做，縱使你嚇壞了、覺得噁心，縱然你最後可能得付出極高，或者沉重到你無法負荷的代價。你依然做了，因為那樣對他們最好。你做了，因為你必須去做。你可能永遠不必面臨這樣的處境。但你必須隨時做好準備。愛有時候令人作嘔，可以讓你永世受罰，能讓你陷入地獄。可是，假如你運氣好，倘若你非常幸運，愛會使你再度復原。

第八章 時光之箭

我猜想狼的時間是圓，而不是線。牠們生命中的每個時刻本身就是完整的。而且對牠們而言，快樂總是在同樣事物的永恆回復中找到。假如時間是圓圈，那就沒有永遠不再。

1

我對布列寧說的最後一句話是：我們將在夢裡重逢。我說這句話的時候，獸醫正將皮下注射器的針頭插進布列寧右前腿的血管，將致命劑量的麻醉藥注入他體內，我依然記得那條腿，記得那條血管。等我說完那句話，他就走了。但我寧可不要用這種方式想著他，我寧可想著他在阿拉巴馬，用鼻子磨蹭著他母親的軟毛。我想著他和妮娜、黛絲一起在納克達夫，當羞怯的愛爾蘭太陽從霧氣瀰漫的金黃色光輝中升起時，他們跳越過一整片大麥田。我喜歡想著他和她們再度在溫布頓森林公園，嘩啦一聲衝過樹林，去追逐松鼠和卑鄙的兔子。我想要想著他再次和她們一起，在地中海溫暖的波浪中涉水玩耍。

一年前讓他生病的癌症症狀再度捲土重來，這一次不但轉移，而且腫瘤是無可救藥的惡性。這回是淋巴瘤，若發作在人類身上是醫治得好的，但獸醫科學進步緩慢，狗兒到最後幾乎都免不了死亡。這一次我決定不再做任何侵入性的治療來拯救他，因爲我眞的不認爲他能熬過手術，更別提任何術後的併發症。我驚訝地發現，就在布列寧生病後那一年，上次以老派專業技術救了他的獸醫尙米歇爾，已經過世了，同樣也是死於癌症。當接手執業的獸醫告訴我這個消息時，我就預感到布列寧的時候也到了。

我盡可能讓他感到舒適，而且在他一生中首度讓他和我一起睡在床上，妮娜和黛絲懊惱極了，她們難以置信我居然不讓她們同享這前所未有、十分吸引人的款待。當止痛劑不再有效時，我依據自己誠實、極端痛苦但極有可能犯錯的判斷，認爲他疼痛得太厲害了，只得載他到貝濟耶接受安樂死。於是他的屍體躺在同一款吉普車的後頭，好多年前我們曾開著這款吉普車周遊美國東南部，追逐橄欖球、派對、女人和啤酒。

我不能將他埋在花園裡，屋主肯定會反對。因此，我將他埋葬在我們每天散步時會停留的地方，一塊小小的空地，周圍環繞著山毛櫸和矮櫟。因爲是砂質地，所以我沒有太花時間就挖好一個大洞。我將布列寧放進去，用從防波堤搬來的石頭在墳墓上堆出石塚：這防波堤是村莊爲了防止冬天的狂風巨浪而築的堤防。堆石塚的整個過程漫長而艱鉅，因爲防波堤在幾百碼外，我一直到深夜才完成。然後我決定點燃漂流木升起營火，坐在我兄弟身邊，度過剩下的夜晚。

這部分的故事我不願意多談，因爲我會再度像個精神病，其實毫無疑問，我那時候根本就是。陪伴我的是妮娜、黛絲，和兩公升的傑克丹尼爾，這是我爲這樣的夜晚即將到來而預先儲備的威士忌。過去幾個星期我一直禁酒，因爲我需要保持神智清醒，好爲布列寧做出最佳的抉擇。我承受不起因爲酒精引起的憂鬱，致使我提前送他上路；我也不允許酒精引起的興奮，使我明知沒有活下去的價值，仍逼迫他緊抓著生命不放。這是好幾年來第一次，我超過一、兩天滴酒不沾，我毅然決然地在今晚打破禁酒令。因此，將布列寧安置妥當後，妮娜和黛絲安靜地躺在營火邊，聆聽我飽灌波本威士忌後，因營火就要熄滅的怒罵。等到我第二公升又喝了一大半時，原先只是安靜地沈浸在是否有來世的思緒中，漸漸轉變成連珠砲地對上帝破口大罵。內容大致如此：來吧，你這該死的傻瓜！你證明給我看啊。我們眞能有來世嗎？你這混帳，現在就證明給我看！

接下來的片段，聽起來簡直像是駭人聽聞的牽強附會，但我對上帝發誓，那是眞的。就在我說這話的那一瞬間，我正望著營火的另一邊，我看見他：我看見布列寧的石頭幽靈。

我必須強調這件事相當令人費解。在我堆石塚時，我在防波堤走上走下，撿拾掉落或鬆脫的岩石。然後搬著石頭走個幾百碼左右回到空地。到了空地，我只是把石頭扔在布列寧的墳上。我重複這個動作好多、好多次，整個過程花了大約五個小時。將石頭扔在墳墓上的過程完全是隨意的。我至今仍深信這一點。我並沒有擺放石頭，只是扔下去而已。我腦子中沒有完工後石堆模樣的畫面在激勵我。相反的，我只希望堆完石堆後，能喝到不省人事，爛醉一場。

但那一瞬間，石堆處透過火焰回望著我的是，布列寧的石頭靈。石塚的前端是他的頭：石板堆成鑽石形狀，一如他以往將口鼻擱在地上的習慣；石堆尖端有一撮青苔的污痕，看起來正好像他的鼻子。石塚其餘的部分則彷彿像匹狼在雪中蜷曲起的身體，這是布列寧生活在北極圈的祖先，反覆灌輸給他的習慣，即使在阿拉巴馬，或朗格多克夏天的暑熱中，他仍然很難打破這個習慣。就在我到達憤怒與危急的頂峰時，他靜靜地在那裡回望著我。

深層心理學家，佛洛伊德學派、榮格學派以及與他們同類的學派可能會說，我下意識地創造出布列寧沉睡的影像；我下意識地想要以他的形象，爲他建造紀念碑，而這股渴望引導我將石頭扔在他的墓上。或許他們是對的，但我深深覺得這樣的說明沒有說服力。因爲這說法沒有解釋我在建造石塚時，機會所扮演的重要角色。當我把石頭搬回土堆時，我並不是將石塊置放在墳上，而是扔下去，立即轉身出去找下一塊。有的岩石停留在我扔下的地方，但大多數則否，它們滾動到滾得到的最低點。岩石是否滾動、會滾到何處，都是機會的問題。這就是爲什麼深層心理學家的敘述不符合我的狀況。我下意識地控制自己的行爲是一回事，但下意識要去控制機會本身又完全是另一回事了。

將布列寧的石頭靈解釋成，酒精引發的幻覺或囈語很容易。把它想成是一場夢會更簡單。我們確實將會在夢中重逢。但布列寧的石頭靈從未離開。我在營火邊的地上睡著了，要是火一熄滅很可能會凍死，但很幸運地，突然一陣作嘔迫使我醒過來。我醒來時，布列寧的石頭靈仍在那裡。至今依舊在。

2

布列寧的最後一年對我們雙方都是份禮物。我記得那一年像是永無盡頭的夏天。我向來不是個執著於掌握時間的人。我的上一支表早在一九九二年，在南卡羅萊納州查爾斯頓的一場撲克牌比賽中輸掉了，至今仍未抽空去找支替換的表。沒有手表並非就能從時間的限制中解脫，我似乎花上大半輩子的時間在問別人，現在幾點了。但住在法國最棒的一點就是，這是我能夠體驗到，或想像得到，最接近無時間限制的生活方式。在那裡的生活不是依據時鐘，而是依照太陽。說實在的，我想要欺騙誰？我們的確照著時鐘過活，只不過是根據妮娜的生理時鐘，不是我自己的。

我在日出時起床，夏天的話是早晨六點左右。我知道太陽升起了，因爲那是妮娜起床的信號，太陽一升起，她就起來，開始舔我暴露在被單外頭的手或腳。假如手腳沒有露在被單外，她就會以鼻子頂被單，直到我的手腳露出來。然後我會一手拿著筆記型電腦，謹慎地走下陡峭的松木樓梯，我早上動作慢吞吞、小心翼翼，是因爲之前打橄欖球時傷了膝蓋韌帶。我坐在屋前的陽台上，在清晨霧濛濛、多蚊子的涼爽空氣中寫作。布列寧躺在花園北邊的角落裡，彷彿在雪中蜷縮著身子，口鼻貼著地面往前伸。而我們這一群的計時員，妮娜，則躺在門邊，珠子般圓滾滾的眼睛始終盯著我，等待我終於起身帶她去散步，那還要等上好幾個小時。而這一群裡的公主，黛絲，一直等著我全心專注在寫作，再悄悄跑進屋裡，看看是否能夠趁我不注意時溜上我的床，這點她經常得逞。

到了十點左右，在天氣變得太熱之前，妮娜會起身走到我身邊，將頭放在我的膝蓋上。假如她這樣還得不到讓我停止打字的效果的話，她就會反覆猛烈地以鼻子頂我的前臂，讓我不可能再繼續打字。她的訊息非常明確：該去海灘了。這不大像是散步，倒比較像是軍事行動。首先，第一步是要收拾起陽傘和其他海灘用品，例如，海灘球和／或飛盤。這個動作會讓群體裡其他成員知道，我們要去遊行了，結果是他們會齊聲嗥叫、尖叫、狂吠，向村裡的每個人宣告：我們要出發囉。飛盤是給妮娜的，她是技巧純熟的狂熱泳將。陽傘是給布列寧和黛絲的。他們會在海灘戲水，有時候在無風而沉悶的日子裡，當海面平靜清澈時，他們會被我誘哄下水游泳。但他們不曾真正喜歡游泳，他們會向我游過來，臉上明顯看得出來精神緊張到近乎驚慌，只要一碰到我，他們就馬上轉身游回海灘。大多數時候他們比較喜歡待在海灘上。當我厭倦了看著他們在越來越熱的太陽底下喘氣，我投資了幾把陽傘，一隻一把。回想起來，我如今明白，在我生命的這段時間裡，我想必變得有點「奇特」，有點像是名老婦人養了一堆貓的那種奇特。往好處去想，在夏天那幾個月裡，無數移居到南法海灘的小偷，應該會避開我們的遊樂場吧。當然其他的狗也是。

散步到海灘時，有幾件事情必須以特定的順序和習慣來完成。我們用適當的方式問候鄰居的狗，必要時則用威嚇的：首先是香草，一隻母的英國賽特犬，妮娜威脅她，黛絲則在一旁當共犯，但布列寧或許有點冷淡，卻友善地向她打招呼；接著是隻龐大的紅色羅德西亞背脊公犬，布列寧在他的花園圍籬上小便，但妮娜和黛絲則近乎熱情洋溢地迎接他；最後是那隻我前面提過的老想咬我的阿根廷獵豹犬，但我從來沒機會知道她的名字，因爲她曾犯了攻擊黛絲的錯誤。因此，黛絲會給她特別的待遇：她會儲存早上的第一次排便，直到我們走近那隻狗的房子，接著從人的角度，或者應該說從狗的角度，盡可能地接近花園圍籬，然後就在那裡大解放。如今想想，或許這就是那隻獵豹犬老是想要咬我的原因。

一般而言，黛絲擅長策略性部署排泄物。我們住在溫布頓時，有次步行穿過底下是高爾夫球場的園區，她展現出驚人的準確度，她直接大便，讓它降落到高爾夫球頂上。我事後如此建議，「如果我是你的話，我會選擇罰她一桿」，但這個提議無法安撫那位有點生氣、但多半是不敢置信的，倫敦蘇格蘭高爾夫俱樂部的會員。

經過最後這間屋子後，我們進入葡萄園，說得更明確點，是不敵含鹽量高的土壤和頻繁肆虐的狂風巨浪，因而荒廢的葡萄園。穿過葡萄園後到了麥兒，這個湖沼區從防波堤迤邐到海灘的北端。一年中的某個時節，整個麥兒會蓋滿了粉紅色的火鶴，它有個優美的法文名字flamants roses（玫瑰鶴）。假如有隻火鶴剛好閒逛到岸邊，妮娜和黛絲肯定會好好追逐一番，直到牠飛回自己合法居住的領域。謝天謝地，她們倆從不曾眞的抓到火鶴過。當她們白費力氣地追逐時，布列寧會瞄我一眼，彷彿在說，「唉，現在的年輕人。如果我再年輕個幾歲……」

一等我們抵達海灘，妮娜就直奔向水裡，開始跳上跳下，吵鬧地索求她的飛盤。夏天海灘上有項嚴格的「禁止狗進入」政策，儘管這政策實際上並未提到「狼」這個字眼。法國人理所當然地總是將自己國家的法律，當作是一連串的建議而不是規定，因此那條法令甚少執行，海灘上到處都是狗。憲兵偶爾會現身，做做樣子開開罰單，我們只要一瞧見他們，就繞到海灘的另一頭，心知他們絕對不會走太遠。我們的確被逮過幾次，然而令人討厭的不是罰金的多寡，而是在他們開罰單之前，你必須先聽上一段冗長的說教。靠著運氣、鬼鬼祟祟和假裝笨頭笨腦，我們勉強順利度過整個夏天，罰金總共不超過一百歐元。

在海灘玩水後，且在所有店家午休前，妮娜會告訴我們該走了。我們會走到村裡的麵包店。我會買一些巧克力麵包分給他們三個。分配麵包的儀式會有一套清楚的規定。我們先離開麵包店，走到離店門口幾碼遠的石頭長椅。我坐下，打開紙袋，撕下一片片麵包，一隻一隻輪流餵他們，同時還得想辦法避免大量的唾液飛濺到我身上。游泳可是很容易讓人飢餓呢。接著，我們到伊薇特酒吧，我會不受勸告地喝上許多杯玫瑰紅，這是朗格多克白天喝酒的上選。我喝酒時，愛狗的伊薇特會給他們一碗水，而且特別關照布列寧。最後我們走回家，繞過村子的後頭，往下穿過林地回家。

到家後，我們全都各自找塊陰影，躲在其中度過熱氣蒸騰的一天。我會再度寫作。到了一天中的這個時刻，屋內會過於炎熱，黛絲不喜歡，所以她習慣在陽台的書桌下，趴在我的腳邊。妮娜偏愛陽台上較遠的那面牆，那裡大多數時候都會受到陽台屋頂的遮蔭。這時，花園北邊會曝曬在陽光底下，布列寧會跑到上面的露天陽台，找出多蔭的角落。這裡視野良好，他能夠看見四周鄉野的風景，更重要的是，要是有正在靠近的有趣東西，他就可以提早發現。七點左右，等陰影拉長後，我們才會開始移動。首先，我會先爲四條腿的做晚餐，接著給兩條腿的一些開胃酒。然後我們會去散步，通常這趟散步的高潮是在重聚，我們最喜歡的餐廳。

我故意說「我們」而不是「我」最愛的餐廳。我去那兒吃晚餐。布列寧和兩個女孩去那裡吃第二份晚餐。老闆萊諾和瑪汀總是幫我們保留角落的大圓桌，在那裡有足夠的空間讓狗兒舒展四肢。我會慢慢吃完四道菜的餐點，狗兒則對每道菜都徵收一定程度但爲數不多的稅。住過法國的人都知道，根本不可能在法國吃素，在法國鄉下更加絕對不可能。我第一次跟萊諾提及我的飲食限制時，他先是無法理解地看著我，然後建議我吃雞肉。因此，這段期間，我跟著布列寧和女孩一起吃魚。我通常會從聖賈克沙拉開始，因爲這道沙拉內容非常豐富豪華，連扇貝都有十粒。其中三粒是狗兒的份。接著他們會依序從第二道菜徵收掉三條煙燻鮭魚，從第三道的香煎比目魚徵收魚皮、尾巴和魚頭。當我吃到最後一道時，會多得一份免費的可麗餅好分給他們，這是萊諾親切地貢獻給狗兒的晚餐。當然，我會將葡萄酒和麝香白蘭地（一種用麝香葡萄釀成的白蘭地）留給自己。吃飽之後，我們順著防波堤的邊緣漫步回家，我帶著醉意，心情愉快。狗朋友則是心滿意足地塡飽肚子。我們總是一夜好眠。

　　這是布列寧生命最後一年每個夏日的情景。朗格多克的夏天悠長美好。當然，冬天會迫使我們做某些調整。悲慘的是，重聚在十一月中到三月中歇業，萊諾和瑪汀那幾個月在經營滑雪度假村。同時冬天我們也比較少去游泳，當然是我而不是妮娜。妮娜會允許我睡到早上八點左右。我早上寫作的地方多半改在屋內，延長中午逗留在伊薇特的時間，因爲晚上無處可去。但一天基本的行程和要素，大致相同。

從夏天到冬天的這段時間，都是由妮娜管理大家的時間。在這點上，她應該是受到某件事的驅使，在我們才剛搬到法國時，曾發生一樁十分灰暗、悲慘的事件。即使多年後的現在，我懷疑此事仍在她心頭揮之不去。那是我的錯，我必須負全責。我不知道事發當天，我是否多花了點時間在電腦上，或者是否在地中海冰涼舒服的海水中，逗留了太久……無論原因爲何，那天等我們到了村子，麵包店老闆已經關門吃午餐去了。而在朗格多克，午餐時間總是漫長而美好的。

當然，客觀說來，這實在不是什麼大不了的事，我可以輕鬆地採取這種態度。我只需要比平常大約多花一個小時在伊薇特，我很樂意如此，麵包店在下午四點又會開門。但妮娜從來就不擅長客觀看待與食物相關的問題。她也無法接受滿足被延遲。那天，待在伊薇特的幾個小時，帶給她極度痛苦的慌亂，還有最能削弱力量的存在焦慮（譯注）（不消說，伊薇特酒吧並不提供食物）。她從頭到尾踱步來踱步去，眼睛閃爍著瘋狂的光芒。事情原本不該是這樣的。這是她靈魂經歷過最漫長、黑暗的午餐時刻。

四點當然會來到，世界再度有了意義，那天又能恢復正常的程序。但從此以後，妮娜受到雙重恐懼的刺激：一則恐懼是，她到的時候麵包店已經關了，另一則恐懼是，無法去重聚。晚上她絕不容許我走別條路線去餐廳。一旦只要我們走進餐廳幾百碼的範圍內，她無論如何都要去，不管我們其他幾個是否要跟來。

直到布列寧死後，我搬離法國的現在，我才眞正了解到，那一年我的生活是多麼的一成不變。但我認爲這只是延續我們過去在愛爾蘭和倫敦所享受的生活。幾乎我認識的每個人，都會用單調，甚至極端的無聊來形容這種規律且重複的生活。但我認爲，我從這些日子學得的東西，或許比從任何人事物要來得多。我學到東西的關鍵，可以在令人迷惑的簡單問題中找到：布列寧死時，他失去了什麼？

3

答案應該十分清楚明白，我這個對著月亮嗥叫、對上帝發怒的瘋子，在布列寧

譯注：存在焦慮為存在主義所提出，認為人因為不知道自己為何存在，或自己是否存在，以及任何事物是否真的存在而感到焦慮不安。

死去時失去了許多。人們會告訴你，正如他們告訴我的，這是因爲近幾年我過著悲慘、孤獨的生活。或許這是眞的吧。但我對自己失去什麼沒有興趣，我有興趣的是他失去什麼。

從哪些方面來看，死亡是件壞事？不是對其他人，而是對死者本身而言？從哪方面來看，你的死亡對你來說是件壞事？死亡，無論究竟是什麼，不是發生在生命中的事。維根斯坦說過，他的生命沒有極限，正如視野沒有界限。顯然，他的意思不是說我們能永遠活著，維根斯坦本身也因爲癌症在一九五一年去世。他指的是，死亡是生命的極限；而生命的極限不可能發生在那一生當中，正如視野的界限不可能出現在視線的範圍內。視野的界限不是你看得見的東西：你意識到界限的存在，正是因爲你有東西看不見。界限就是如此：某樣東西的界限，不會是那東西的一部分，假如它是其中一部分，那它就不會是那樣東西的界限了。

如果我們接受這個論點，那麼就緊接著要面臨一個問題：看來死亡好像不可能對死者有害。這個問題的經典版本，比維根斯坦早了兩千年，是由古希臘哲學家伊比鳩魯提出的。伊比鳩魯主張，死亡無法傷害我們。我們活著的時候，死亡還沒發生，所以尚無法傷害我們。而既然死亡是我們生命的極限，不是生命中發生的事件，所以等我們死時，我們已經不在了，自然也不會受到死亡的傷害。因此，死亡不可能是件壞事，至少對死者來說不是。

伊比鳩魯的論述有什麼問題呢？更確切地說，究竟有沒有問題？至少在人類當中，幾乎全體一致認爲這個論點有些問題。同時，看來好像大體上都同意，爲什麼這個論點是錯的：死亡會傷害我們，因爲它會奪走我們的東西。哲學家稱死亡爲剝奪的傷害。然而，這部分很簡單，困難的部分在於，了解死亡從我們身上拿走什麼，當我們已不存在，不再有東西能被拿走時，死亡如何能拿走任何東西？

如果以死亡傷害我們是因爲它奪走我們的性命，來回答這些問題的話，是行不通的。因爲倘若維根斯坦的主張是對的，死亡是我們生命的極限，因此不會發生在我們這一生，那麼當死亡發生在我們身上時，生命正是我們所沒有的東西。唯有我們眞正擁有那樣東西時，才能被奪走。所以一件我們不再擁有的東西，死亡要如何拿走呢？

我認爲，一個比較有希望的答案是：可能性。死亡傷害我們，因爲它取走我們所有的可能性。但後來，我也不認爲這個想法行得通。部分的問題出在可能性太過混雜；有太多太多的可能性，以致於可能性中沒有什麼是眞正屬於我的或你的。我所擁有的可能性，有些是我無論如何都不感興趣的。我有可能成爲思想家、裁縫師、軍人或水手；我也可能成爲乞丐或小偷。但我沒興趣進一步探究，或試著去實現任何這些可能性。我有可能明天死去，或者再過五十年才死。比起前者，我更希望後面這個可能性能夠實現。可能性總是不費吹灰之力就能得到。我們每一個人都有無窮，或者最起碼多不勝數的可能性。我們卻只想實現其中一丁點的可能性。實際上，我們甚至沒有注意到大多數的可能性。

不僅如此，有許多可能性是我們強烈希望永遠不會實現的。我們大多數人大概不會太熱切去追究成爲乞丐/小偷的可能性。我們任何一個人都有可能成爲殺人犯、虐待者、戀童癖、瘋子或瘋婆子。倘若沒有論證足以駁倒某件事情會發生的假設，那麼這件事情就有發生的可能：這就是可能性的定義。所以，不論你認爲任何一個可能性多麼不可能發生，它依舊是個可能性。有些可能性，我們希望能成眞。但有些可能性，我們祈禱永遠不會實現。在所有可能性中，有的我們會緊緊抓住，有的我們會強烈地拒絕。我不認爲死亡能藉由奪走我們不感興趣的可能性來傷害我們。我肯定的是，死亡無法藉著剝奪我們打從內心深處抗拒的可能性，來傷害我們。因爲某些可能性，我們寧死也不願意看見它們發生。所以死亡奪走這些可能性無法傷害我們。

不過，可能性的概念的確指點了我們一個方向，通往更有希望的解釋。只有某些可能性與死亡的傷害有關：那些我們希望實現或成眞的可能性。這之中每一種可能性都對應了一份渴望：渴望那個可能性能實現。如果我們認眞看待這份渴望，卻無法立即得到滿足時，我們可能發現自己將滿足這份渴望當作目標。倘若這目標難以達成，我們可能發現自己耗費許多精力和時間在達成目標的計畫上。我想，若以渴望、目標、計畫的概念來看，我們人類必然想要了解，爲何死亡對死者而言是件壞事。

看起來我們好像在伊比鳩魯的問題上毫無進展。假如死亡是生命的極限，不是發生在生命中的事件，等死亡發生時，我們已不在了，不會被剝奪任何東西，包括渴望、目標和計畫。然而，渴望、目標、計畫全都有個共通點，一個對伊比鳩魯問題至關重要的特質。這三者全都是所謂的未來導向：依其本質，它們引導我們超脫現在、朝向未來。正因爲我們有渴望、目標和計畫，所以才有未來：未來是我們每個人，在目前時間點的現在所擁有的東西。死亡奪走我們的未來，因此傷害了我們。

4

你仔細思考後會發現，失去未來的想法非常不可思議。因爲未來這個概念本身就很奇特。未來根本還不存在，所以你怎能失去它呢？確實，如果你在某種意義上擁有未來，你就可以失去它。但你如何能擁有根本還不存在的東西？這最起碼顯示出，在這種情況下所說的「擁有」和「失去」，跟我們一般使用「擁有」和「失去」這兩個詞時，具有非常不一樣的意義。你或許可能擁有未來，但意思跟你擁有寬厚的肩膀，或有支勞力士手表是不一樣的。如果有個兇手奪去你的未來，這跟衰老奪去你寬厚的肩膀或強盜搶走你的手表，這兩者剝奪的意義是相當不同的。

若說因爲死亡奪去了我們的未來，所以是件壞事，那麼未來一定是我們現在——目前這個時刻——所擁有的事物。我們擁有未來，因爲我們——實際上、現在——擁有可以將我們導向未來，或與未來連結的狀態。這些狀態就是渴望、目標和計畫。按照馬丁・海德格的說法，我們每個人都是「朝向未來的存在」（being-towards-a-future）。我們每個人在本質上都是朝向還不存在的未來前進。起碼就這層意義來說，我們可以說是擁有未來。

讓我們先從渴望開始。渴望最基本的特色是，渴望可能得到滿足或受挫。如果布列寧走到房間另一頭的碗邊喝水的話，那麼他喝水的渴望就獲得滿足。但如果他走到那裡後發現碗是空的，渴望就受挫。然而，一般的情形下，滿足欲望需要一段時間，欲望受挫也需要一段時間。布列寧穿過房間到他的碗邊要費時間，所以他的欲望獲得滿足或者受挫也都需要一段時間。這是最基本的意義，讓我們看出渴望是未來導向的：滿足欲望要花時間。目標和計畫很明顯地也同理可證，因爲這兩者本質上都是時間維持較長的渴望。渴望可能獲得滿足或受到阻撓，目標和計畫可能實現或未能實現。而滿足和實現都要花時間。

不過，還有另一層更複雜的意義來解釋我們擁有未來的概念。渴望、目標或計畫是以兩種截然不同的方式導向未來。好比布列寧想喝水，這份欲望引導他朝向未來，因爲他要滿足欲望需要花時間，他必須熬過目前這個時刻，至少必須堅持到穿過房間，走到碗邊去。然而，有些渴望與未來的關係比這個例子更牢固、更親密。有的渴望還包含著對未來有清楚的概念。穿過房間去喝水是一回事，根據你希望自己未來的願景來計畫人生，又是另一回事。

與其他動物相比，我們人類至少在某些層面上，花費不成比例的時間在做些我們實在不想做的事。但我們基於願景還是去做，因爲我們對自己未來的生活有所想像。這也是爲何我們會辛辛苦苦完成延長教育，並爲之後的職業生涯打拚。我們全都明白，努力工作是多麼吃力不討好；就連我這個專業教師都無法假裝，接受冗長的教育有趣又充滿歡笑。可是無論如何，我們還是做了這些事，因爲我們有某種渴望。這種欲望不論是現在，或短期內，都不可能馬上獲得滿足。但也許，如果我們有足夠的才華、夠幸運、工作夠努力的話，說不定在未來某個時間，這渴望就能得到滿足。我們經常以可能確保未來願景爲目標，來計畫並實行眼前的活動，包括教育、職業，甚至是副業。要有這些渴望，你需要具有未來的概念：你必須能夠將未來當作未來思考。

所以看起來，我們擁有兩種不同意義的未來。一種是隱含的：我有欲望，要滿足它必須花時間。另一種是外顯的：我期待自己的未來如何，因此據以來決定或安排我目前的生活。然而，當我們內心的猿猴一看見差異點，牠也同時看到潛在的好處。一開始，猿猴先確認，哪一個可辨別的要素是最適合的，或最能自然而然地適用在牠身上。接著牠宣稱這個要素優於其他成分。相信我，我知道，因爲我就是那隻猿猴。

擁有未來的第二層意義似乎是人類的特色。我們不清楚其他動物是否會花費那麼多時間（如果有的話），依據牠們想要的未來，去決定自己行爲的方向。延遲滿足雖然不是人類獨有，但無疑地，在人類身上比其他動物更爲突顯。然後我們體內的猿猴，自然而然地從以事實爲根據的主張，轉移到以道德評估爲根據的主張。我們無可避免地認爲，擁有未來的第二層意義優於第一層意義。當然，我們是聰明的動物，能夠證實這個道德評論。在第二層意義上，我根據未來的願景來規劃自己和自己的生活，從這個角度來說，我與未來更緊密地結合。對人類來說，擁有自己未來的意義比對任何其他非人類的動物要更有力、更健全、更重要。試著想像有兩位運動員，一位專注而勤勉，另一位有才華但偷懶取巧。兩人都沒贏得奧運獎牌，他們都剛好名落孫山。第一位運動員，他的生活是用鐵的紀律、完美無缺的專注所形塑的，比起第二位從來沒眞正盡力過的運動員，第一位似乎輸得比較慘。他損失得比較多，因爲他投注在所做的事上頭的時間、努力、氣力和感情比較多。你死去的時候所損失的，就是你在這一生中所做的投資的價值。因爲人類有未來的概念，所以會依據自己想要的未來，來訓練並規劃自己現在的行爲，並找出方向，他們對生命的投資比其他動物多。因此，他們死時損失的也比其他動物要來得多。死亡對人類來說，比別的動物更爲悲慘。反過來說，人的生命也因此比別的動物要來得重要。這又是人類優越感的一面：我們死亡時損失的比較多。

5

我以前相信這個說法。事實上，最後兩段是敝人在下我，這隻猿猴，曾詳盡地在《獸面人心》，以及較輕鬆活潑的《宇宙盡頭的哲學家》中闡述過。如今我爲自己缺乏洞察力，及可憎的猿猴偏見感到畏縮。投資：你能變得多像猿猴？我現在發現，致命的缺點並不在於這句敘述本身。我認爲，我們人類不得不認爲死亡是種剝奪的傷害：也就是說，我們不得不認爲死亡是件壞事，因爲它奪走我們某些東西。我認爲這樣思考事情不必然是對的，但我也認爲，我們不見得有辦法換種角度來思考這件事。當然，我們有些人相信死亡不是終點，只是轉變成另一種形式的存在，也就是來世。誰知道呢？他們可能是對的。但我關心的不是這個問題。我關心的是，對生命走到終點的人而言，我們的終點是否是件壞事。而終點如何或何時到達則無關緊要。如果你相信有來世，那麼你大概相信靈魂和上帝。上帝既然是全能的，就有辦法毀滅靈魂。倘若上帝如此對你，那想必就是你的終點。果眞如此的話，那是件壞事嗎？對你而言是件壞事嗎？我是對這個問題感興趣。重要的是，我們與自己的結局之間的關係，倒無所謂結局的形式爲何。

假設我剛剛的說法是眞的：人類的確在死去時（或走到盡頭時，不管哪種說法），比其他動物損失更多。死亡發生在人類身上，比發生在狼身上要更爲悲慘。錯就錯在於，從這點衍生出人類的生命比較寶貴的想法。我們死時損失較多，不表示我們比較優越。相反的，它暗示了我們的失敗。原因是在這句對死亡的敘述中，包含了某種時間的概念。而這個時間的概念裡，包含了生命意義的願景。

構成我對死亡描述的時間概念，其實就是大家耳熟能詳的詞：時光之箭。未來是我們現在，目前這個時刻，實際上（而不僅僅是可能）擁有的（不管這是什麼意思）。而我們擁有未來是因爲，我們現在確實有引導我們朝向未來的狀態：渴望、目標和計畫。想像這些如箭一般飛進未來。有些箭只是暗示地引導我們進入未來：這些箭射中靶需要花時間。要滿足欲望，你必須撐得夠久，等待渴望之箭射中目標。狼和狗的欲望就像這樣。然而，有些箭卻不同。有些箭會燃燒，飛奔進未來的黑暗夜晚，爲我們點亮未來。這些箭相當於人們的渴望、目標和計畫，它們藉著我們對未來明確的想像，明白地導引我們朝向未來。死亡藉著切斷飛馳中的欲望箭矢，對活著的生物造成傷害。但是，被死亡傷害最嚴重的是，那些擁有燃燒箭矢的生物。

我們人類藉著這類的隱喻試著了解時間。我們將時間想成箭矢，從過去穿過現在，一路飛進未來。換個方式，我們也可以把時間想成是河流，從過去流到未來。或者我們可以把時間想成船隻，從過去穿越現在，航向遙遠未知的未來。我們被捲入時間之流，因爲我們是時間的存在。如同其他動物，我們的欲望之箭將我們拉進這時間的河流，讓我們緊緊攀附著。與其他動物不同的是，我們的箭在某種程度上，能夠照亮這條河，讓時間的河被看見、理解，或許還被形塑。

當然，這些全是隱喻，只是隱喻而已。更重要的是，這些全是空間的隱喻。在許多哲學家當中，特別是康德，他發現每當我們想要了解時間，我們似乎總被推向以空間做比擬。然而不僅如此，這些隱喻帶來某種生命中重要的概念：某種生命意義的概念。

這些隱喻暗示，生命的意義是我們必須致力的目標，或者我們必須前進的方向。現在永遠在不知不覺間溜走，時光之箭不停地通過途中的地點，前往下一個目標。所以，假如生命的意義與時間相連，意義也會經常悄悄溜走。我們認爲，自己生命的意義一定要緊緊繫並建立在渴望、目標和計畫之上。生命的意義是我們需要大步前進的目標，是可以到達的目的。就跟所有重要的成就一樣，生命的意義不會發生在現在，只會發生在遙遠的將來。

然而，我們也知道，在遙遠的將來找到的不是意義，而是發現意義並不存在。倘若我們沿著時間之流走得夠遠，我們發現的不是意義，而是死亡和腐敗。我們到達某處，在此所有的箭矢都已折斷。我們找到了意義的終點。我們每一個人都是朝向未來前進的存在，憑此發現我們的生命可能是有意義的。但我們也是朝向死亡前進的存在。時光之箭既是我們的救贖，也是毀滅，因此我們發現自己既受到這支箭的軌道吸引，同時又對之感到排斥。我們是賦予意義的生物，我們認爲自己的生命有意義，這是其他動物所沒有的。我們是受到死亡束縛的存在，我們認爲自己以有異於別種動物的方式沿著死亡前進。當我們沿著生命之流走得夠遠，我們會在終點處同時發現生命的意義。因此，生命之流既令我們著迷，又讓我們害怕。這是人類存在本質的困境。

愛倫坡的烏鴉嚷著：永遠不再。或許烏鴉擁有永遠不再的概念。但我懷疑狗沒有。妮娜愛布列寧。她從還是小狗時，就跟在布列寧身邊長大。她醒著的每分每秒都想跟他在一起。確實，當我們到了法國，或甚至還在倫敦時，布列寧對她來說已經比不上黛絲來得有趣。妮娜對別的狗或狼的興趣，完全是看對方多麼會和她玩摔角。到了法國後，布列寧其實不再喜歡扭成一團。儘管如此，她一直非常愛他，只要超過一個小時左右沒看到他，就會大舔特舔他的鼻子來歡迎他。

所以當我從獸醫那兒將布列寧的遺體帶回家時，我有點驚訝。妮娜敷衍地嗅了嗅他，接著注意力就轉向顯然更爲有趣的事：和黛絲一起玩耍。布列寧不在了：我十分確定妮娜明白這一點。我也相當確定，她無法理解布列寧永遠不會再回來了。

我們人類傾向於假設，這就是動物智能根本上比較差的證據。動物無法理解死亡，只有人類可以。因此，我們比動物優秀。我曾經同意這點。但如今我懷疑其實恰恰相反。

假設我一整年中，每天都帶你去同一個海灘，走著同一條路徑，做同樣的事。

我每天帶你到同一家麵包店，在那兒買巧克力麵包給你吃，不是炸覆盆子圈，也不是可頌，就是巧克力麵包。很快地，我確定你會告訴我：什麼，又是巧克力麵包！你不能給我別的東西嗎？只要一次就好？我吃膩了該死的巧克力麵包！

我們人類就是這樣子。我們認爲自己人生的時間像是一條線；我們面對這條線的態度很矛盾。我們那渴望、目標、計畫的箭矢，將我們與這條線綁在一起，我們因此發現了生命有意義的可能性。可是這條線也指向死亡，而死亡將奪走生命的意義。因此，我們受到這條線吸引，但同時又厭惡它，這條線既吸引我們又使我們害怕。我們因爲恐懼這條線，所以總是想要點不一樣的東西。當我們嘴巴靠近巧克力麵包時，忍不住會看見這條線上其他所有的巧克力麵包都跑出來了，整條線前後到處都有。我們永遠無法純粹享受當下這個時刻，因爲對我們而言，當下永遠不純粹是當下。這個時刻無止盡地往前或往後延遲。我們心中認爲的現在，是由過去的記憶加上對將來的期盼所構成。這就等於說，對我們而言，沒有所謂的現在。當下被推延、散布到時間各處：這一瞬間是虛幻的。我們總是遺忘了當下。因此對我們而言，生命的意義永遠不可能存在於當下。

當然，我們有些人喜愛例行公事和老規矩，但我們也渴望新鮮。你該看看我每天早晨開始分配巧克力麵包時，那三隻狗的表情。他們期待得顫抖，流下大量的口水，精神專注到幾乎接近痛苦。就他們的觀點來看，從現在到永恆，可以都吃巧克力麵包。對他們來說，當嘴巴碰到巧克力麵包的那一瞬間，本身就是完整的，不攙雜其他散布在時間中任何可能的片刻。這一瞬間不會因爲過去發生過的，和未來即將發生的事情而擴大或縮減。對我們來說，從來沒有一瞬間本身就是完整的。每個片刻都攙雜著並感染了我們曾記得的，和我們預期將發生的。在我們生命的每個瞬間，時光之箭既讓我們心懷希望也帶我們航向死亡。這就是我們認爲自己優於所有其他動物的原因。

尼采曾談過永劫回歸（eternal recurrence），或者永恆回復（eternal return）。有兩種迥異，但彼此相容的方式可以闡釋尼采。最起碼，尼采稍微提過其中一種，但全心全意地贊同另一種。我們可以將第一種稱之爲，永恆回復形而上學的解釋。在此，「形而上學的解釋」指的是，事情眞實面貌的描述。所以以形而上學原理來理解永恆回復的話，就是認爲永恆回復描述了某件事情——即將發生無數次，或者就此時而言，已經發生了無數次。假如你認爲宇宙是由有限數量的粒子（原子或次原子的粒子）所構成，那麼這些粒子只能形成有限的組合。尼采實際上認爲，宇宙是由一定數量的量子或能量系統而組成；但因爲這些物質是不斷的組合並重組，所以基本特徵是一樣的。假如你也認爲時間無限，你會隨之認爲，粒子的相同組合或形成能量的量子必須一再循環。事實上，同樣的組合必須一而再、再而三地重現。而你、你周遭的世界，還有構成你一生的事件，最終，只不過是粒子的組合。如此說來，似乎你、你的世界，以及你的人生必須一再反覆地重現。如果時間是無限的，那麼你就必須永恆地輪迴。

這種思考永劫回歸的方法是有問題的，因爲它立基在「宇宙有限，而時間無窮」的假設之上。如果你否認這點，那麼此論點就不成立，比方說，也許你認爲時間是宇宙創造時產生的，也會隨著同一個宇宙消滅。尼采曾稍微解釋過永恆回復，但他從沒有明確地在他出版的作品中表示贊同。

他眞正在出版作品中表示認同的是，我們稱之爲永恆回復的存在的解釋。在這個詮釋中，永劫回歸的概念向我們提出了一個有關存在的試驗。在他《歡悅的智慧》一書中，尼采是這樣形容這項試驗的：

最沉重的負擔——假如某一天或某個夜晚，惡魔偷偷跟在你後頭，潛進你最孤單的寂寞，對你說：「你現在正過著的人生和已過的日子，將來必須再過一次，甚至再過無數無數次；其中毫無新鮮事，但生命中每個痛苦、喜悅、想法、嘆息，以及無可言喻的大大小小事情，都將重新發生在你身上，全照著一模一樣的先後順序，連這隻蜘蛛、樹枝間的月光，甚至包括這個時刻和我自己。永恆的存在沙漏一次又一次地上下顛倒，而你置身其間，僅是一粒微塵！」你難道不會突然倒下，氣得咬牙切齒，詛咒說出此言的惡魔嗎？或者你人生中曾經歷過很棒的時刻，因而回答他：「你是神，我不曾聽過比這更神聖的話語。」倘若你被這念頭纏住不放，它要不就徹底改變你，要不就壓垮你。

在此，對於永恆回復的描述並非為了解釋這世界的運行方式，反倒成為一個你應該捫心自問的問題，如果你想知道自己的人生過得如何，以及你是什麼樣的人。首先，如尼采說的，所有的喜悅都渴望永恆。如果你的人生過得很好，你會非常樂意接受自己的人生將會一而再、再而三重複的想法。相反地，如果你的人生並不順遂，對於這說法你應該驚恐萬分。這點顯而易見，一點也不深奧。但比較不明顯的或許是，你對惡魔透露的這個消息的反應。

假設有人問你：你想跟誰一起共度永恆？這碰巧可能是多年前，誤敲納克達夫我家大門的耶和華見證人正欲啓齒的問題。當時布列寧、妮娜和我一起在後花園，他們衝到前門去看是誰在哪裡。等我繞到那裡時，發現其中一位見證人臉靠在牆上大聲呼救，而布列寧和妮娜用鼻子聞他，臉上露出擔心的表情。我永遠無從得知他們那天想要問我什麼，因爲他們迅速告辭。但我們自然而然會將「你想跟誰一起共度永恆？」理解成宗教問題。永恆是來世，而從各方面來說，永恆是我們的肉體消逝後，生命的延續。在這狀況下，我們有時候會忽略掉，在永恆之中你無法避開的那個人，就是你自己。宗教向我們提出的問題是：你確定自己就是那個你想要共度永恆的人嗎？這是個好問題。

然而，尼采讓這問題變得極爲急迫。如果永恆是我們生命線狀的延續，那麼不管這一生你前進了多少，都可以持續延續到來世。假如人生是鍛鍊靈魂的旅程，是塑造靈魂的神義論，那麼即使你的身體消逝，這趟靈魂之旅依然會繼續。但如果這一生就是如此呢？如果你的人生並非一條線呢？假想時間是個圓圈，你的人生將一而再、再而三重複，依照尼采的惡魔所描述的方式永恆地輪迴。你是自己必須與其共度永恆的那個人。但如今永恆是個圓而不是一條線，所以你沒有進一步的機會可以改進或改善自己。無論你要做什麼，必須現在就做。

尼采認爲，如果你很強壯，你會做自己覺得現在該做的事。如他所說，倘若你的生命和精神有如旭日上升，你將會想要將現在的自己，塑造成你想要共度永恆的那種人。但是如果你很虛弱，倘若你的精神如日落西山，假如你感到疲累，你將會在遷延中求安慰：將現在該做的事情延遲到未來的人生裡。那麼，永恆回復就是判斷你的精神是上升，或下降的一種方法。這就是我所指的，永恆回復是一項關於存在的試驗。

然而，永恆回復的概念還完成了一件事，我認爲是最重要的：永恆回復破壞了將時間譬喻成一條線時，所衍生出的生命有意義的概念。當我們將時間想成一條線，我們自然而然會將生命的意義，視爲某種我們必須瞄準、某種將來要達到的東西。每一瞬間總是偷偷溜走，因此無法在這瞬間找到生命的意義。不只如此，每一片刻的重要性端視其在這條線上的位置：每一瞬間的重要性在於，它與以前發生的事有何關連，這些過去的事仍舊以記憶的形式存在，以及與未來將發生的事情如何相關，而這些尚未發生的事則以期待的形式存在。每一刻鐘都負載著過去和未來鬼魂的污點。因此，沒有一刻本身是完整的，每一刻的內容和意義都遷延、散布在時光之箭的這條線上。

但倘若時間是個圓，而非一條線，假使人的一生注定要一再地重演，沒有終點，那麼生命的意義就不可能存在於朝著時間線上某個決定點。因爲既然沒有這條線，也就沒有這樣的點。瞬間並沒有溜走，相反地，每一刻都沒完沒了地再三重複。每一瞬間的重要性，不是在於時間線上的位置，不是在於如何將線上之前已發生過的，及之後即將發生的，相連起來。每一刻鐘並沒有負載著過去和未來的陰影。每個瞬間就是它自身；每個片刻自身就是完整的。

現在，生命的意義截然不同，不再是出現在時間線上的某個決定性的點或是區段，而是即在瞬間當下：當然啦，不是無時無刻的片刻，而是某些時刻。一個人生命的意義可以散落在一生各處，如同在收割期，大麥的穀粒四散在納克達夫的田地裡。我們可以在生命最高潮的時間點，發現生命的意義。高潮中的每一刻本身就是完整的，無須別的時刻來證明它的重要性，或爲其辯解。

我從布列寧生命的最後一年中學到一件事，狼與狗通過了極少人類能及格的尼采的存在試驗。人類會說，「今天別再走同一條路散步了。我們不能換換口味，到不一樣的地方嗎？我厭倦了海灘。還有別再給我巧克力麵包，我覺得自己都快要變成巧克力麵包了！」諸如此類的話。一下爲時光之箭著迷，一下又感到厭惡，我們對時光之箭的反感，讓我們想要在新鮮、不一樣、偏離時光之箭的事物上尋找快樂。但我們對時光之箭的迷戀，意味著偏離時光之箭只是創造了一條新的線，而我們對快樂的需要又會再次讓我們脫離這條新的線。如此一來，人類追尋快樂根本是件逆行倒施、徒勞之事。在每條線的盡頭都只有永遠不再。永遠不再能感覺到太陽曬著你的臉龐。永遠不再能看見你所愛之人唇畔的微笑或眼中閃爍的光芒。我們對生命和生命意義的概念，全是圍繞著失去的願景所構築的。無怪乎時光之箭嚇壞我們的同時，也吸引著我們。難怪我們想盡辦法在新鮮、不尋常的事物中找尋快樂，在任何偏離箭的路徑上，不管是多微小的事物中追尋。我們的反抗或許只稱得上是無用的痙攣，但無疑是可以理解的。我們對時間的理解，就是我們的詛咒。維根斯坦錯了，雖然微妙但決定性地錯了。死亡不是我生命的極限。我一直帶著死亡與我同行。

我猜想狼的時間是圓，而不是線。牠們生命中的每個時刻本身就是完整的。而且對牠們而言，快樂總是在同樣事物的永恆回復中找到。假如時間是圓圈，那就沒有永遠不再。因此，牠們的存在並非建立在視生命爲一趟失去的過程而成立的。布列寧生命的最後一年，我們規律而重複的生活讓我得以在轉瞬間，模模糊糊地瞥見永恆回復。當中感受不到永遠不再，也感受不到失去。對狼或狗而言，死亡眞的是生命的極限。因爲這個原因，死亡無法統治牠們。我想，這就是牠們之所以爲狼或狗的原因。

我現在了解，爲什麼妮娜只敷衍地嗅一下布列寧的遺體，即使她也許愛牠超過世界上任何東西。在我們幾個之中，妮娜最了解時間。妮娜是時間的管理員，是永恆回復熱心的守護者。每天，她準確地知道已經六點鐘了，我應該自己爬起床，開始工作。每天，她分秒不差地知道十點到了，她會將頭放在我的膝蓋上，告訴我該停止寫作；該是去海灘的時候了。她知道何時該離開海灘，要趁麵包店午休前，趕到那裡去。每天，無論是標準時間或夏令時間，她精確地知道七點了，牠們的晚餐該出現了，接著該是散步到重聚吃點心的時間了。維護並保證同樣的事物永恆回復，是妮娜終身的任務。對她而言，沒有事物可以改變；沒有事物應該有所不同。她明白，眞正的快樂只存在於同樣的事物、不變的事物、永恆、永遠不變的事物中。妮娜了解，眞實的是結構本體，而不是偶發的事件。她清楚，所有的歡樂都想要永恆；假如你接受了某一刻，就是接受了全部的時刻。她的生活印證了，永遠不再是不恰當的。

第九章 狼的宗教

最重要的是，當時候來臨（時機總會來到），要以狼的冷靜來過生活。這樣的生活太過艱難、太過嚴酷，我們僅能枯萎。但這樣的時刻總會來臨。讓我們值得存在的正是這樣的時刻，因為到最後，是我們的挑戰拯救自己。倘若狼有宗教，假如有一種狼的宗教，這就是它要告訴我們的。

1

我們能看穿瞬間，但也因此，我們失去每個瞬間。狼能凝視瞬間，卻無法看穿。他不了解時光之箭。這是我們與狼的差異：人和狼是以不同的方式跟時間相連的。人類是時間性的生物，但狼和狗不是。甚至，根據海德格的說法，時間性（如海德格所稱）是人類的本質。我不關心時間究竟是什麼。就此而言，海德格也不關心。沒有人知道時間究竟是什麼，儘管有些科學家提出令人興奮的看法，但我懷疑永遠無人能知。對我們來說，重要的是時間帶來的經驗。

事實上，這不完全正確。我的哲學訓練促使我在明明毫無差異之處，尋找明顯的區別。哲學是權力的行爲——有人甚至會說是傲慢——我們試著將自己理解出的差別和區分強加於這個世界，即使世界其實並不接受，也不適合這些差別和區分。對我們來說，這世界太過不確定。我想，與其說這世上有我們希望能找到的區分，不如說僅有程度不一的相似和差異。狼是時間的生物，也是瞬間的生物。與牠相較之下，我們是比較傾向於時間的生物，而較不是瞬間的生物。我們比狼善於看穿瞬間。狼比我們擅長凝視瞬間。狼與我們夠親近，所以我們能了解，自己由此得到什麼又失去什麼。我想，如果狼能說話，那麼我們應該可以了解牠。

我們內心的猿猴，迅速將任何差異轉換成自己的優勢：任何可敘述性的差異都能立即轉變成可評估的。猿猴告訴我們，我們比狼優秀，因爲我們更擅長看穿瞬間，然後我們輕易地就忘記狼比我們善於凝視瞬間。假如與布列寧一起生活教會我一件事，那就是優越只是在一方或另一方比較優秀。不僅如此，在這方面顯出的優越極可能在其他方面成爲缺陷。

所謂的時間性，就是感受時間如一條線，從過去延伸到未來，這有優點，但也有缺點。有非常多猿猴樂意頌揚時間性的優點。而我這隻特殊猿猴的目的是，希望你也能注意到時間性的缺點：我們無法理解自己生命的重要性，正因爲這個理由，我們覺得快樂難求。

布列寧一生中的最後幾週，我們一起做了些事情，啓發了我理解生爲瞬間的生物而非時間的生物、做爲比較適合凝視瞬間而非看穿瞬間的生物，究竟是什麼樣子。那時候，我已經知道布列寧將要死去，至少理智上我明白這點，縱使情感上堅決拒絕相信。我決定布列寧需要離開妮娜和黛絲幾天。她們一直煩擾他，甚至在他想要睡覺時也不放過他，到最後幾天，他大多時候都想睡覺。這不是她們的錯。我沒辦法帶她們去散步，因爲那表示我必須留布列寧獨自在家。我不忍心這麼做。我能夠想像他受到妮娜、黛絲喧騰的興奮鼓舞，雖然疲倦仍堅決地掙扎站起來，而我必須告訴他不能跟我們一起來時，他將會極度的不快樂。我不希望他最後幾天的生活是這樣。因此，最後幾週，妮娜和黛絲的活動範圍被限制在花園和屋子裡，可想而知，她們變得越來越亢奮。後來我想布列寧可能需要休息一陣子，所以我帶妮娜和黛絲到伊桑卡的養狗場，是從家裡往蒙特佩利爾行駛大約一個小時車程的村落。我決定將她們留在那裡幾天，好讓布列寧能得到充分的休息。

當然，布列寧堅持跟我們一起去伊桑卡，但當他和我回到家時，他逐漸起了奇特的變化。說實在的，充分的休息似乎是他想到的最後一件事。他跟著我在屋子裡到處走動，跳上跳下並興奮地尖叫。當我爲自己煮了一盤義大利麵，他要求也要一份，他已經很久、很久沒這麼要求了。所以我問他，「你想不想去散步？」他的反應雖然不若舊時的野牛男孩，但仍十分令人印象深刻，他跳到沙發上嗥叫，表現出他非常想去。我想像我們輕鬆地漫步到防波堤，沿著堤防散步個幾百碼左右。但當我走到大門，布列寧蹦蹦跳跳地，在隔離我們與自然保護區的溝渠裡跑上跑下。於是，我做了至今仍不大敢相信的事。

自從我們搬到法國沒多久，我就不再跑步，到那天爲止已經超過一年了。我們剛到這裡時試過，但我發現才跑了幾哩，布列寧就遠遠落在我們後面，而他一點也不高興落後。他在我不知不覺間老了。因此，我用散步取代慢跑，中間穿插到海灘游泳、去麵包店和重聚等行程。我也沒有做其他的運動。我來的時候，買了一組槓鈴和舉重椅，但我難得使用，大多數時候，器材都只是被棄置在露天陽台上緩緩地生鏽，提醒著我是如何放任自己。

布列寧年老體衰的同時，我也變老、變衰弱了。這是你和狗住在一起時，經常會發生的狀況。在法國的那一年，大多數時候我過著提前退休的生活，寫了些文章，但花了多得嚇人的時間浸在新酒裡。妮娜和黛絲當然還是很能跑長程，但布列寧不行，所以我們改成散步。由於我們生活的組成獨特地纏繞在一起，因此布列寧體力走下坡，也反映出我自己的衰退。現在我站在房子外頭，注視布列寧在溝渠裡跑上跑下，說，「孩子，我們來試試看吧。給羅蘭茲家的男孩最後一次喝采。怎麼樣？」於是我挖出運動短褲，我們一起去跑步。我小心地觀察布列寧，心想他很快就會開始累了。倘若如此，我們就立刻回家，但他沒有。我們兩個一定構成相當奇特的畫面：一匹快要死掉的狼，和一名面臨四十大關、身材走樣到無可救藥的男子。我們跑過樹林到南方運河，沿著河岸，在岸邊成排的巨大山毛櫸樹蔭底下跑步。布列寧與我並排跑，輕鬆地配合我的步伐。接著我們穿過自然保護區，順著牧場放養黑牛和白馬的原野，跑到防波堤。他仍然不顯疲憊，如同往昔的布列寧，他毫不費勁、無聲無息地在地上奔跑，彷彿漂浮在地面一、兩吋處，而我這個步履沉重、氣喘吁吁、姿態難看的猿猴，笨拙蹣跚地跑在他身邊。

誰知道呢？或許他只是暫時想要和我獨處。也許他想要說再見，但妮娜和黛絲緊跟著他，讓他無法好好地道別。無論是什麼理由，那天看見他的精力和行動明顯地好轉。而他再也沒有眞正失去那種活力，即使妮娜和黛絲幾天後回來，他也依然精神奕奕。我們再也沒有一起出去跑步，他的精力不再像那天的狀況那麼好。我們多半去散散步。他的情況很好。幾乎到他死去的那天都是如此。

我忍不住要拿布列寧和萬一得了癌症的我做比較。對布列寧來說，癌症是瞬間的折磨。他這一刻鐘覺得很好。但下一刻鐘，一個小時以後，他可能會不舒服。可是每一刻鐘本身都是完整的，與其他時刻毫無關連。對我而言，癌症是時間的折磨，而非瞬間的折磨。癌症以及人類其他重病的恐怖之處在於，疾病是散布在各個時間點。重症的恐怖在於，它會切斷我們渴望、目標、計畫的箭矢：而且我們心裡明白。我會待在家裡休息。我會待在家裡休養，即使我在當下覺得自己沒什麼問題。這是當你得了癌症後的情形。因爲我們是時間的生物，折磨我們最嚴重的是時間的打擊。苦難的可怕在於，發生在整段時間的事，而非發生在某個時刻的事。因爲如此，苦難能支配我們，卻不能支配其他屬於瞬間的動物。

狼依據每一刹那內在的特性，來接受每一瞬間。這是我們猿猴難以做到的。對我們來說，每一刹那都是無止盡地展開。每一瞬間的重要性在於，這一刻與其他時刻的關連，以及無可挽回地受到其餘時刻感染的內容。我們是時間的生物，但狼是瞬間的生物。對我們而言，瞬間是可穿透的。當我們想要獲得東西時，就會穿透過瞬間。瞬間是透明的。對我們來說，瞬間從不全然眞實。瞬間不在那裡。瞬間是過去和未來的幽魂，是曾經發生和可能發生的事物的回聲和期待。

在艾德蒙・胡塞爾對時間經驗的著名分析中，他主張，我們稱之爲「現在」的經驗，可以分解爲三種不同的經驗要素。其中有一部分是，他稱爲「原初現在」的經驗。但依我們平常意識到的時間，這個「原初現在」的經驗不能磨滅地，是由預期經驗未來可能的方向，和回憶近期發生的經驗，這兩者所形成。他稱前者爲經驗的延長，後者爲經驗的保留。只要拿起手邊的東西就能明白他的意思。假設你手中握著一支酒杯。儘管你的手指頭觸摸到的只是局部，而非整個玻璃杯，但你應該會認爲手上拿的是支玻璃杯，你的手有所侷限，但卻不會妨礙你體驗到自己正拿著杯子。爲什麼？根據胡塞爾的主張，那是因爲你現在握玻璃杯的體驗，是由預期自己的經驗在特定的情況下將如何改變，加上你回憶在近期的過去如何改變，所組成。例如，你預期如果手指往下滑，觸摸到的範圍將會縮小，就像握住高腳酒杯的杯腳那樣，而非電燈泡。同樣地，你可能記得之前握住酒杯時，將手指滑下玻璃杯時感受到觸摸範圍縮小的體驗。胡塞爾認爲，就連現在此刻的經驗，都無法與過去和未來的經驗分離。

我相當確定，這點對狼和對人類都一樣成立。我們從來不曾體驗眞正的「現在」本身。「原初現在」是個抽象概念，不符合我們經驗中曾經遭遇過的任何事物。我們稱之爲現在的東西，其實部分是過去，而部分是未來。可是程度的差異就跟類別的差異一樣重要。我們人類已將此議題帶到全新的層次。我們幾乎終其一生都活在過去或者未來。也許，一旦我們夠努力嘗試，我們就能像狼一般地體驗現在，而非只將它視爲過去的保留或者未來的延長。但這並非我們平常面對世界的方法。在我們身上，在我們尋常的世界經驗中，現在已被抹去：現在已經枯萎成空。

做爲時間的生物有許多缺點；有的很明顯，有的較不顯著。顯而易見的是，我們花了大量——或許是不成比例的多——的時間，生活在永遠消逝的過去，以及還沒發生的未來。我們記得的過去和渴望的未來，決定了我們可笑地意指爲此時此地的東西。時間的生物在某些方面有點神經質，而瞬間的生物卻不會。

然而，時間性也有些缺陷是既微妙卻又重要的。有一種時間的枯萎病，只有人類容易染上，因爲唯有人類活在過去和未來的時間夠長到被這種折磨掌控。因爲我們善於看穿瞬間勝於凝視瞬間，因爲我們是時間的動物，我們既希望自己的生命有意義，又無法理解自己的生命如何能有意義。時間性給我們的禮物是，我們渴望著自己不理解的東西。

2

薛西弗斯是個凡人，他在某些方面觸怒了眾神。究竟是哪一方面，大家不是眞的很清楚，傳聞的版本很多。或許最廣爲流傳的記述是，在他死後，薛西弗斯因爲有某種緊急的任務，說服黑帝斯（譯注）讓他暫時返回塵世，並允諾一旦任務完成會立刻回來。然而，當他再次看見白晝的光亮，感覺太陽暖暖的曬在臉上，薛西弗斯不想再回到陰間的黑暗中。於是他沒回去。不顧眾多告誡，無視明確要求回返的指示，薛西弗斯設法在光明中多活了好幾年。最後，聽從眾神的命令，他被強迫回到陰間；在那兒他的石頭已經準備好了。

薛西弗斯受到的懲罰是，要將巨石滾上山丘。每當任務完成，在經過好幾天、幾週，或甚至幾個月疲累的苦勞後，石頭又會滾到山丘底下，薛西弗斯又得重新開始他的苦工。這個懲罰將永遠持續。這真是恐怖的懲罰，包含了或許只有神祇才能做到的殘忍。但這個懲罰到底哪裡恐怖？

這個神話被傳述的方式通常都在強調薛西弗斯勞動的艱苦。那塊石頭一般被形容成巨大無比，是他勉強能夠搬動的重量。因此薛西弗斯推石上山的每一步伐，都讓他的心臟、神經、肌腱承受達到極限的重擔。可是，如理查·泰勒指出的，薛西弗斯的懲罰真正恐怖之處是否真的在於其艱難？如果眾神給他的不是塊巨石，而是小鵝卵石，可以輕易放進口袋的那種。那麼，薛西弗斯可以悠閒地漫步走上山頂。

譯注：黑帝斯（Hades）：希臘神話中掌管地獄的冥王。

注視著鵝卵石滾下山，再重新開始他的工作。儘管這個差事的本質比較不費力，但我認爲，幾乎沒有減輕薛西弗斯所受懲罰的可怕。

我們是認爲生命中最重要事物就是快樂的動物。因爲這樣，我們強烈地想要假設，這項對薛西弗斯懲罰的可怕在於，他厭惡這項工作，懲罰讓他非常不快樂。但我也不認爲這是正確的。我們只能假想薛西弗斯痛斥他的命運。但是，假設眾神不若神話中講的復仇心那麼重。假設事實上，他們採取一些措施減輕他的痛苦，讓薛西弗斯心甘情願接受他的命運。他們採取的手段是，在薛西弗斯身上灌輸一種毫不合理，但卻強烈、難以抗拒的衝動，讓他想要將石頭滾上山。我們不需要太擔心眾神如何做到這點；重要的是結果。結果是，現在薛西弗斯最快樂的時候，就是把石頭滾上山時。事實上，如果他無法再推石頭上山，他就會很洩氣，甚至沮喪。因此眾神的善行採取的形式是，讓薛西弗斯極其渴望，甚至全心全意地擁抱他們強加在他身上的懲罰。他生命中唯一眞正的渴望，就是將石頭推上山，而此一渴望獲得永遠能滿足的保證。眾神的善行無庸置疑非常邪惡，但無疑的卻也是仁慈的。

更確切地說，這項善舉如此完美，也許在眞實的意義中，薛西弗斯的任務已不能再被視爲是種懲罰。要說有什麼區別的話，似乎更像是獎賞而非懲罰。如果快樂是覺得生命很美好，感覺生命及生命中的一切都是美妙的，那薛西弗斯存在的新處境似乎是最理想的。沒有人能比薛西弗斯更快樂，因爲他內心深處的欲望得到了永遠可以實現的保證。假如快樂是生命中最重要的東西，那麼應該再也沒有比薛西弗斯更棒的人生。

然而，在我看來，薛西弗斯懲罰的恐怖，並沒有因爲眾神的仁慈而減少一絲一毫。有時候，眾神的獎賞比他們的報復還要糟糕。我認爲，我們現在甚至應該比之前，更爲薛西弗斯難過。在眾神的「善行」之前，薛西弗斯起碼還有些尊嚴。強大卻邪惡的存在，將惡運強加在他身上。他認清他的勞苦只是白費力氣。他不得不持續這項工作。因爲他沒有別的事情能做，甚至不能死。但他認清這項差事徒勞無益，輕視強加這任務在他頭上的神祇。一旦眾神變得仁慈，他就喪失了尊嚴。如今我們輕視（或許帶有一點同情但仍然是輕視）那些讓薛西弗斯變成這樣子的諸神，同樣也輕視薛西弗斯自己：被愚弄的薛西弗斯、受騙的薛西弗斯、愚蠢的薛西弗斯。或許在長途跋涉走下山坡時，薛西弗斯偶爾會隱約回想起，眾神大發善舉之前的時光。也許在他靈魂的偏僻角落，有個微細、平靜的聲音在呼喚著他。然後或許，透過回音和低語，薛西弗斯剎那間了解到，自己發生了什麼事。他領悟到自己被貶低了。薛西弗斯明白自己遺失了某樣重要的東西，比目前他享有的快樂還要重要。眾神的仁慈奪走了薛西弗斯的可能性——讓他的此生，甚至來世，除了是個惡意的笑話外，還能成就什麼的可能性。而正是這個可能性，比他的快樂來得重要。

我懷疑我們是可以快樂的動物，至少不是我們所想的那種快樂。算計——我們猿猴的密謀和欺騙——已深深地滲入我們的靈魂中，因此我們快樂不起來。我們追逐隨著陰謀、謊言而獲致的成功而來的感覺，迴避隨著這些失敗而來的感覺。只要得到一個目標，我們馬上尋找下一個。我們總是在追逐名利，而快樂因此從我們的掌握中溜走。我們認為快樂是種感覺，而感覺是瞬間的產物。對我們來說，卻沒有瞬間，每一片刻都無止盡地展延。因此，我們根本不可能快樂。

但至少我們現在能了解，自己為何著迷於感覺：這是某種更深層事物的特徵。我們如此關注感覺，世人都認定感覺是生命中最重要的東西，是為了重新取回我們因為活在過去和未來而被拿走的東西：瞬間。對我們而言，快樂不再可能是真實的。但就算我們能夠快樂，即使我們是種真的有可能快樂的生物，那也不是這一切的重點。

3

薛西弗斯懲罰的眞正恐怖之處，當然既不在其艱難，也不在於懲罰讓薛西弗斯極度的不快樂。懲罰的恐怖在於它純粹是徒勞一場。不僅僅是薛西弗斯的任務一無所獲。你可以面對最後無法達成有意義的工作，屆時你的努力終成泡影。這可能讓你悲傷和遺憾，但並不可怕。薛西弗斯的任務無論是簡單或困難，不管他喜歡或討厭，其恐怖之處並不在於他失敗，而在於沒有東西可以稱得上成功。無論他將巨石推上山頂與否，石頭依舊滾落，而他必須重新來過。他的苦勞絲毫無用。沒有任何目的。他的任務和巨石一樣不會開花結果。

這可能會導致我們這樣想，假如我們能夠爲薛西弗斯的任務找到目的，那一切就沒問題了。不論是薛西弗斯或其他人，一生中發現的最重要東西是目的，而不是快樂。但，再一次，我不認爲這可能是正確的。爲什麼呢？先假設薛西弗斯的勞動有其意義好了，假設他的努力是爲了達成某個目標。假設那塊巨石沒有滾落回山下，而是留在山頂上不動。因此他跋涉下山，不是爲了要將同一塊巨石推回山上，而是收集不同的石頭。現在眾神的命令是要蓋座神殿，一座在他們眼中雄偉美麗的聖堂，足以用來稱頌他們自己的力量和偉大。如果你喜歡的話，可以再同時假設，身爲慈悲的神祇，他們反覆灌輸薛西弗斯一心一意想要完成的強烈欲望。經過長年嚴厲、可怕的辛勞，我們可以想像他順利完成任務。如今神殿完工了。他可以在高山上休息，滿足地凝視著自己辛勞的成果。只有一個問題：那現在呢？

這正是要點。如果你認爲生命中最重要的是目標或目的，那一旦目的達成，你的人生就不再有意義。正如在第一版的薛西弗斯的故事中，因爲他沒有目的，所以他的存在毫無意義；但在我們重講的故事版本中也沒有，無論薛西弗斯的存在有何意義，一旦他完成目的，同時也就失去了意義。他在高山上，永遠盯著既無法改變，也無法增添的目標，跟他推動巨大而毫不妥協的圓石上山，只爲了等到達山巔，再看著石頭滾下，這兩種生活都一樣沒有意義。

我們把時間想成是一條線，從過去一直延伸到未來，我們每個人的人生重疊的片段在這條線上展開來。或許這就是爲什麼，我們很自然地將生命中重要的東西，想成是人生瞄準的目標，當成是我們朝著前進的目的地。生命中最重要的東西是我們必須努力達到的，必須要靠我們的人生目標和計畫。如果我們工作得夠努力，夠有才華，或許再加上運氣夠好，就能夠達成。當然，我們不十分清楚何時能夠達成。有人認爲能在這一生達到，也有許多人認爲只有在下輩子才能達到，而這一生的重要性，僅僅是爲了替下輩子作準備。但就算只是漫不經心地思索薛西弗斯的例子，也應該足以說服我們，生命的意義不可能是像這樣子的。無論生命有什麼意義，都不可能存在於朝向某個目標或終點前進，不管這個點是在這一生或來世。

薛西弗斯的神話當然是人一生的寓言（法國存在主義哲學家卡謬確實也如此引用）。這寓言不難捉摸。我們每個人的一生，就如薛西弗斯推石往山頂的旅程，生命中的每一天，就如同薛西弗斯這趟旅程的每個腳步。唯一的差異在此：薛西弗斯自己折返，重新將巨石推上山，而我們則將這項工作交給我們的孩子。

你今天去上班，或上學，或去任何要去的地方時，看看熙來攘往的人群。他們在做什麼？他們要去哪裡？集中注意力在其中一人身上。或許他正要去辦公室，他今天在那裡會做跟昨天同樣的事情，而明天他也會在那裡做跟今天一模一樣的事。這當中，他可能因爲精力和目的而興奮緊張。報告必須在下午三點前放在X女士桌上，這點很重要；他絕不能忘記四點半要和Y先生開會，如果會議進行不順利，後果是北美市場的業績將會很悽慘。他知道這些全都非常重要。或許他喜歡這些事情，或許不喜歡。不管怎樣，他還是照做，因爲他有家庭、有家人，還得要養孩子。爲什麼？這樣再過幾年，他們就能像他一樣，做著差不多同樣的事情，爲了差不多同樣的理由，接著生出他們自己的孩子，而這些孩子相繼地，爲了同樣的理由做著同樣的事情。屆時他們將會是擔心著報告、會議、北美市場業績的人。

這是薛西弗斯透露給我們知道的，存在的困境。如同必須會見X女士、Y先生，擔心著北美市場的那位男士，我們可以用小小的目標、微小的目的塡滿自己的人生。但這些無法賦予我們生命的意義，因爲這些目標的用意只在於重複目標本身，不管是由我們，或是由我們的子女來重複。但如果我們找出一個目的，偉大到足以賦予我們人生意義（我不確定自己知道這目的是什麼），那麼我們必須不惜任何代價，確定自己不會達成這個目的。因爲一旦達成了，我們的人生又會缺乏意義。當然，如果我們能在達成這偉大又有意義的目的同時，嚥下臨終最後一口氣，那是最好不過的。但什麼樣的目的，能在我們最虛弱的時候達成？假如我們在最虛弱的時候能夠達成，爲何之前沒辦法做到呢？我們是否把生命的意義，想成是釣在鉤子上一陣子的魚，只是等著我們死去，好將它拉上岸？這是什麼樣的意義？如果我們的氣力流失，還能夠將魚拉出水面的話，那條魚又眞正能值多少？

倘若我們假設生命的意義在於目的，那我們就要祈禱永遠達不到那個目的。如果生命的意義在於目的，那生命持續有意義的必要條件是，我們無法達到那個目的。一如我所瞭解的，這會讓生命的意義變成永遠無法實現的希望。但一個永遠無法實現的希望又有何用？無用的希望不能賦予生命意義。薛西弗斯無疑是抱著無用的希望：巨石總有一天會停在山頂他留下的地方。但這個希望不會賦予薛西弗斯生命的意義。我認爲我們可以推論出此結果，生命的意義並不在朝向終點或目標的路途上。終點並不存在意義。

4

如果生命的意義不是快樂，也不是目的，那究竟是什麼？更確切地說，到底可能是什麼樣的東西？在談到哲學相關的問題時，維根斯坦經常會講到變魔術時一個決定性的動作。維根斯坦認爲，表面上無法解決的哲學問題，結果總是建立在我們無意間非法夾帶進爭論中的某種假設之上。這個假設會使我們毅然決然地用某種方式去思考這個問題。我們最終無可避免到達的絕境，已非陳述問題本身，而變成陳述這個讓我們只能以此方式去思考問題的假設。

我在此用變魔術時決定性動作的比喻來闡述生命的意義。我們假設生命中最重要的就是擁有某件事物。如果我們的人生是條由許多欲望之箭射出而形成的弧線，而我們可以擁有這些箭矢所及而涵蓋的任何事物。在十九世紀美國西部，有時候，移民達成協議，將各人一天之內馳騁所及的土地歸己所有。這被稱爲圈地。我們認爲，原則上我們能夠擁有，自己的渴望、目標和計畫之箭所涵蓋的任何事物。無論生命中最重要的是什麼，生命的意義都能透過才華、勤勉，或者是運氣而取得。有可能是快樂，或者可能是目的。這兩者都是人能擁有的東西。但我從布列寧身上學到，生命的意義並非如此。生命中最重要的事物，倘若你想要把它想成是生命的意義也可，其實是在我們所無法擁有的事物中。

我猜想，認爲生命的意義是某種我們能夠擁有的東西，這樣的想法是我們貪得無厭的猿猴靈魂遺留下來的。對猿猴而言，擁有是非常重要的。猿猴以擁有什麼來衡量牠自己。但對狼來說，存在比擁有來得重要。對狼而言，生命中最重要的，不是持有特定的物品或數量，而是成爲某種狼。但就算我們承認這點，我們的猿猴靈魂很快又會試著重申，擁有勝過一切。成爲某種猿猴，是我們能夠奮鬥的目標。成爲某種猿猴只不過是，另一個我們可以擁有的目的。我們最想要成爲的那種猿猴，是我們可以朝著前進的目的，是能夠達到的目標，只要我們夠聰明、夠勤奮、夠幸運的話。

生命中最重要且最困難的一課是，事情並非如此。生命中最重要的事物，不是你能夠擁有的。生命的意義正是要在時間生物無法擁有的東西——瞬間——中尋找。這就是爲什麼，我們如此難以爲自己的生命找到貌似眞實的意義。瞬間是我們猿猴唯一無法擁有的東西。我們以抹去瞬間做爲擁有東西的基礎，瞬間是我們爲了擁有渴望的目標而穿透的東西。我們想要擁有自己重視的東西，想要宣稱這些是自己的；我們的人生就是一場大型的圈地活動。因爲如此，我們是時間的生物，而非瞬間的生物：瞬間總是從我們緊握的手指，與相對的拇指間溜過。

我說生命的意義應該在瞬間中尋找，並不是要重述我們該「活在當下」這樣的膚淺訓誡。我絕不會建議人去做不可能的事。應該說，我的想法是有些時刻，無論如何不是全部的時刻，我們能在生命中有些時刻，在這些片刻的陰影中找出生命中最重要的事物。這些是我們最高潮的時刻。

5

「最高潮的時刻」這句措辭無疑會誤導我們，將我們導回應該否決掉的生命意義的觀點。我們很可能以三種全是錯誤的方式來思考我們最高潮的時刻。第一種是，將最高潮的時刻想成是我們人生能夠朝著前進的目標，當成我們生命朝著發展的時刻，當成如果我們夠有才能、夠勤勉就能達成的時刻。但我們最高潮的時刻，不是人生的頂點，也不是我們存在的目標。最高潮的時刻散布在一生各處，遍布各個時間點：是狼在地中海溫暖的夏日海水中戲耍，所製造出來的漣漪。

我們受到制約，總是認爲生命中重要的事物是快樂，並且將快樂理解成感覺美好，所有關於最高潮時刻的討論，總無可避免地令人聯想到，某種宛如進入極樂世界的極度愉悅。這是第二種誤會我說的最高潮時刻的方式。事實上，我們最高潮的時刻鮮少是愉快的。有時候，最高潮時刻是所想得到令人最不愉快的時候，是生命中最黑暗的時刻。我們最高潮的時刻，是我們處在最佳狀態的一刻。要達到這種狀態，我們往往必須付出相當可怕的代價。

另外還有一種更詭譎、更陰險，但同樣也是錯誤思考最高潮時刻的方式。就是認爲最高潮的時刻是向我們揭露，我們究竟是什麼。我們認爲，這些時刻定義了我們自己。在西方的思維中有種傾向，把自己或個人當成是種能夠定義的東西。呼應莎士比亞，我們嚴肅地吟詠如斯的格言：忠於自己（譯注）。這句話暗示有所謂眞實的你，而且你能夠對這個你忠實或虛僞。我強烈懷疑，事情是否眞的如此。我強烈懷疑，是否有個眞實的你，或我，是否有這樣的自我或個人能夠撐過並超越我們虛假以對的各種不同方式。我甚至懷疑這是莎士比亞的觀點，我覺得他只是藉著如波洛紐斯這樣的傻子之口說出來（幸虧柯林．麥金說服了我）。

所以，我懷疑相對於虛假的我，還有所謂眞實的我。就只有我而已。更確切地說，我甚至連這點也不再確信。我所稱的我，可能只是不同人的延續，在心理上和情感上全都相聯繫，由他們全是我的錯覺結合在一起。誰知道呢？這不是眞的很重要。重要的關鍵在於，我的每一個最高潮時刻本身就是完整的，不需要假設它扮演定義我是誰和我是什麼的角色。重要的是瞬間，而不是瞬間(錯誤地)被認爲應當顯現的那個人。這是困難的一課。

譯注：To thine own self be true：忠於自己，對你自己忠實。出自莎士比亞的《哈姆雷特》。

我是個職業的哲學家，因此根深蒂固的懷疑態度是，或者應該是我的營業用具。可憐的老上帝，在祂爲我費了那麼多心神，以無稽、不大可能的布列寧石頭靈的形式介入之後，我仍然無法下定決心相信祂。但假如我能夠相信，我希望上帝是《牛奶樹下》（譯注）一劇中，牧師伊萊．詹金斯祈禱文裡頭的上帝：永遠希望找到我們最好的一面，而非最壞的一面的上帝。我們最高潮的時刻顯露出我們最好的一面，而非最壞的一面。最壞一面的我和最好一面的我同樣眞實。但如果我眞的值得的話，讓我值得存在的是最好一面的我。

我深信，在法國稍早的那段日子，當我拒絕布列寧的死亡時，我是處在高潮的時刻。我的睡眠被剝奪，深深籠罩在瘋狂的陰影中。我以爲自己死掉下了地獄。我對正發生在自己生命中事物的看法，使得特土良的學說聽起來確實合理。我是分裂的。儘管如此，這仍是我人生中最高潮的時刻。這是薛西弗斯最終理解到的。當繼續下去也沒什麼意義，當繼續下去也沒有希望，儘管如此，我們卻是處於高潮的時刻。但希望是種渴望，因而使我們成爲時間的生物，我們的希望之箭射向未來還沒發掘的國度。有時候，必須將希望放置在適當的場所，放回希望原本簡陋的小盒子中。然後不管怎樣我們繼續向前，這樣做我們就能讓自己的行爲有意義（雖然那當然不是我們這麼做的原因，任何原因都會損害其意義）。在這種時刻，我們對奧林匹斯山的眾神，對這個世界或下個世界的神祇，以及他們讓我們永生永世滾動岩石上山的計畫說，「去你的！」要不如此，就是要將這個工作強加在我們孩子身上。要到達高潮的時刻，我們必須被逼到角落，在那裡沒有希望，繼續下去也得不到任何東西。但我們依然不顧一切前進。

我們身處高潮的時刻是，當死亡俯身在我們的肩膀上，我們對此一籌莫展，時間即將結束，但我們在對生命的線說，「去你的！」同時擁抱那一瞬間。我就要死了，但這一瞬間我感覺很好，感覺很強壯。我會做自己想做的事。這一瞬間本身就是完整的，不需要藉由其他的片刻——不管是過去或未來——來爲它辯證。

我們身處高潮的時刻是，當生命如同九十五磅重的比特鬥牛犬，咬住我們的喉嚨，將我們壓倒在地時。我們只是三個月大的小狗，可能會被輕易撕裂。我們很清楚痛楚即將到來，眼前毫無希望。但我們沒有哀鳴或叫喊，甚至沒有掙扎。反而，

譯注：《牛奶樹下》（Under Milk Wood）：威爾斯詩人狄倫・湯瑪斯（Dylan Thomas）的著名廣播劇，故事以虛構的威爾斯小鎮為背景展開，後來改編成舞台劇及同名電影，亦翻為《小鎮的一天》。

從我們內心深處發出嗥叫，一聲平靜、響亮的嗥叫，掩飾我們幼小的年紀和脆弱的存在。這聲嗥叫在說，「去你的！」

我爲何在此？經過四十億年盲目、漫不經心的發展後，宇宙產生了我。值得嗎？我嚴重地懷疑。但不管怎麼說，當眾神沒有給我任何希望，當地獄那頭比特鬥牛犬攫住我的脖子，將我按倒在地時，我站在這裡喊著，「去你的！」這不是我快樂的時刻；但我知道這是我最高潮的時刻，因爲這是我最重要的時刻。這些時刻之所以重要，是因爲它們的本質，而不是因爲它們扮演著定義我是誰這個假設的角色。如果我以任何形狀或形式值得存在，假如我是宇宙完成的有價值的東西，那必定是這些時刻讓我有此價值。

我想，是狼將這一切展現給我看的；他是光亮，我在他投射的陰影中看見自己。實際上，我在此所學到的與宗教對立。宗教談的是希望。如果你是基督徒或回教徒，希望是你有資格上天堂。如果你是佛教徒，希望是你能解脫生死的輪迴得到涅盤。在猶太教與基督教共有的宗教中，希望甚至提升爲首要的美德，及重新命名的信條。

希望是人類存在的二手車業務員：他親切和藹、能言善道。但你不能信賴他。

你生命中最重要的東西是，在所有希望都離開你時，你是怎樣的人。到末了，時間會奪走我們的一切。所有我們透過才能、勤奮、運氣所獲得的都會被盡數奪走。時間奪走我們的力量、渴望、目標、計畫、未來、快樂，甚至我們的希望。任何我們能擁有的、可以擁有的東西，時間都會奪走。但時間永遠奪不走的是，在最棒時刻的我們。

6

艾佛烈·凡·科瓦斯基有幅畫作名為《孤獨之狼》。描繪的是，一匹狼站在夜裡白雪籠罩的山頂，俯視一間小木屋。木屋的煙囪冉冉升起煙，窗戶的燈光散發出溫暖。這木屋總是令我想起納克達夫。有個冬夜，我從外頭散步回家，布列寧和女孩們在我前面小跑步，遠離林子的黑暗，跑向我刻意不熄窗口的燈光。科瓦斯基的畫當然有其寓意，它刻劃一個局外人順道看望別人生活的溫暖、安逸與舒適。但或許小屋讓我想起納克達夫，純粹是因為那匹狼讓我想起了我自己，和我所過的生活。

無論如何，那樣的生活走到了盡頭，至少即將結束，在朗格多克一月某個陰暗的夜晚，當我將布列寧放進地裡，怒斥上帝，幾乎把自己灌醉到死的時候。有些時候，我懷疑自己那天晚上眞的死了。笛卡爾在自己面對靈魂漫長、黑暗的夜裡，在不會欺瞞他的上帝那兒，找到了避難所。笛卡爾幾乎可以懷疑每件事物，包括圍繞在他四周的自然世界，以及他所擁有的肉體。儘管他是個才華洋溢的數學家和邏輯學家，他仍可以懷疑數學和邏輯的眞理。但他無法懷疑有個親切、良善的上帝存在。這個上帝不會讓他受騙，只要他足夠小心翼翼地評估他的信仰。

我認爲笛卡爾在這點上大概錯了。良善的上帝和親切的上帝是不一樣的。良善的上帝可能不會讓我們受騙。但親切的上帝幾乎肯定會。我們生命中最高潮的時刻，是如此艱難、令人枯萎。我們生命的價值只在這種時刻才會顯現在我們眼前，是有原因的。我們不夠堅強，無法承受生命的價值以其他任何方式披露。雖然以傳統的觀點來看，我不是個虔誠的人，但有時候，當我想起布列寧死去的那一晚，當我望著他葬禮柴堆的火焰，看見他的石頭靈回望著我，我想上帝是在告訴我：沒事的，馬克，眞的沒事。不會從頭到尾都這麼痛苦。你很安全。我想，我所感受到的感覺是人類宗教的精髓。

所以我有時候會想，這或許是死者一場美得驚人的夢，是由親切的上帝致贈，而不是笛卡爾那位良善的上帝。這是會讓我受騙的上帝，因爲那是親切的上帝該做的事。這也是我用垂死的一口氣所詛咒的上帝。

我會如此想，是因爲如果上帝那晚現身在我面前，給我筆和紙讓我寫下從今以後自己希望的人生，我也不可能寫得比我現在的狀態更好。我現在結婚了，和艾瑪，她不只是我見過最美麗的女人，也是我認識最好的人：她毫無疑問、顯而易見、貨眞價實、清楚絕對地比我優秀。

我的職業生涯急遽地盤旋上升，從一名任教於無人聽聞的大學任教的渺小講師，以我難以想像的高薪，被聘請到美國頂尖的大學。我的著作成爲暢銷書，或者起碼在學術出版品小眾的環境中被視爲是暢銷書。而且不管什麼情況或者基於什麼動機，我已經不再也不想一口氣喝完兩公升傑克丹尼爾了。沒有經過許多許多年持續不斷、全神貫注的練習，是無法成爲可以那樣喝的人的。

我說這些不是自鳴得意，或因爲特別滿意我自己。恰恰相反：我眞的深深地感到困惑。我這麼說是因爲，我知道到最後，上面講的沒有一件事能讓我值得存在。如果我說自己不引以爲傲，那是在說謊。可是，在此同時，我提防這種驕傲。這是猿猴，我潛在、惱怒的猿猴靈魂的驕傲：此靈魂認爲生命中最重要的是，透過工具理性及所有伴隨工具理性而來的東西，引導自我達到頂端。但當我想起布列寧，我也想起來最重要的是，當你的算計全都落空，當你策劃的密謀隨著一陣顫動停下來，當你說的謊言卡在喉嚨時，餘留的那個你。到末了，全是運氣，所有的一切都是運氣，而眾神可以迅速拿走你的運氣，一如他們給予你好運時那麼的快速。最重要的是，當好運用盡時的那個你。

我埋葬布列寧的那天夜裡，在他葬禮火堆的光明溫暖，以及朗格多克夜晚尖銳刺骨的寒冷中，我們發現基本的人類條件。生活在希望的光明溫暖和好意中的人生，是我們每個人如果有權得到都會選擇的。我們瘋了才不想選擇擁有這樣的人生。但最重要的是，當時候來臨（時機總會來到），要以狼的冷靜來過生活。這樣的生活太過艱難、太過嚴酷，我們僅能枯萎。但這樣的時刻總會來臨。讓我們值得存在的正是這樣的時刻，因爲到最後，是我們的挑戰拯救自己。倘若狼有宗教，假如有一種狼的宗教，這就是它要告訴我們的。

7

我不能將布列寧的骨骸獨自留在南法。所以我在同一個村莊買了間房子。每天散步經過時，我們會跟他的石頭靈打聲招呼。然而，我是在邁阿密寫下這結尾的句子。我終於向前面提及的不太可能的高薪屈服。艾瑪和我在數個月前抵達此地。妮娜和黛絲仍在身邊，不用說，她們當然跟我們一起來了。妮娜依舊每天早上六點將我喚醒，如果我的手或腳沒有露出被單外，她就會重新調整被單，直到我的手腳露出去。舔，舔：你難道不知道我們有朋友要拜訪，有地方要去嗎？但她們開始顯露出年紀的痕跡。她們大多數時間都在睡覺，在外面泳池邊，或在花園，或在沙發上。我不再能跟她們一起去跑步了。那本來是布列寧死後我又恢復的習慣，她們十分開心。但現在她們跑了大約一哩後，就逐漸落在我後頭，這樣跑沒什麼意義。或許我暫時會跟我的兩個女孩一起變胖、速度遲緩，正如我對布列寧做的一樣。但她們確實喜歡沿著舊卡特勒路和緩地散步，在那裡她們仍有活力去驚嚇路上遇見的美國狗，牠們全都太過熱情、太容易興奮、太過年輕，不是妮娜和黛絲偏愛的型。我確定她們很高興，所有當地的狗都害怕她們。牠們和牠們的主人全都過街避開我們。可是沒有關係。如果我眞的了解妮娜和黛絲，我非常確定她們會想要出去當優勝狗。但她們正在衰退，兩隻都是。溫暖的氣候對妮娜的關節炎眞的很有幫助，而且，相信我，我知道她的感受。

有時候我會有種感覺；那是種最奇特的感覺。我覺得自己以前是匹狼，但現在只是隻愚蠢的拉不拉多。而布列寧是來向我展現，我那已消逝的生活片段。那感覺又苦澀又甜蜜。我感到悲傷，因爲我不再是從前的那匹狼。我覺得快樂，因爲我不再是以前的那匹狼。但最重要的是，我曾經是匹狼。我是時間的生物，但我仍然記得，最高潮的時刻才是最重要的，這些片刻散落在你的生命中，如同收割時節的大麥穀粒，不是在你起頭，也不是在你結束的地方。或許一個人無法終其一生都是匹狼。但這永遠不是這一切的用意。有一天，眾神將會再度決定不給我任何希望。或許這一天不久就會來臨。我希望不要；但勢必會發生。當這件事發生時，我會竭盡全力回想，那匹被咬住頸子、壓在地上的幼狼。

但這裡有群體的眞相：我們的瞬間從來就不是我們自己的。有時候，我對布列寧的記憶帶著一點不可思議的驚奇。彷彿那些記憶是由兩個部分重疊的影像所組成：我覺得影像是以重要的方式銜接，但因爲過於模糊所以看不清楚。接著兩個影像突然合併，頓時清晰起來，宛如老萬花筒中的影像。我記得布列寧在我旁邊，大步走在土斯卡路沙橄欖球場的邊線上。我記得他在賽後的派對上坐在我身旁，漂亮的阿拉巴馬女孩會走上前說：「我眞喜歡你的狗。」我想起他陪著我跑過土斯卡路沙的街道；接著，土斯卡路沙城市的街道變成愛爾蘭鄉間的小路，我記得他們一群跑在我身邊，輕鬆地配合我的步伐。我記起他們三個像是鮭魚般，跳躍在一大片大麥形成的海面上。我記得在吉普車後面，布列寧在我的懷中奄奄一息，而獸醫將針刺進他右前腿的血管。當影像聚集時，我心想：那是眞的我嗎？眞的是我做了那些事嗎？那眞的是我的人生嗎？

此種領悟，有時候，讓我覺得好像是模糊、超現實的發現。我記得的不是我大步走在土斯卡路沙邊線上；是狼走在我身邊。我記得的不是我在派對，是狼坐在我旁邊，而漂亮的女孩正是因爲如此才來接近我。我記得的不是我跑過土斯卡路沙的街道，或金沙爾的鄉間小路；是狼群的步伐配合著我的步伐。我記憶中的自己總是遭到置換。我在這些回憶中根本不是既定的；有的時候是必須發掘的幸運紅利。

我從來不記得我自己。只有透過對別人的記憶才記得自己。這裡我們決然地面對自我本位的謬誤；猿猴基本的錯誤。重要的不是我們擁有的，而是我們在最佳狀態下是什麼樣的人。而我們在最佳狀態下是什麼樣的人，只有在瞬間會顯露出來，就是在我們最高潮的時刻。但我們的瞬間從來就不是我們自己的。即使當我們眞的孤獨一身，當比特鬥牛犬將我們壓制在地，而我們只不過是十分脆弱的幼犬，我們記得的卻是那隻狗，不是我們自己。我們的瞬間，最美好和最嚇人的片刻，只有透過我們對其他人——無論他們是好或壞——的回憶才能變成我們自己的。我們的瞬間屬於群體，我們透過他們記得自己。

如果我是匹狼而不是猿猴，那我大概會被稱之爲出走狼吧。有時候狼會離開所屬的狼群出發到樹林裡，再也不回來。牠們開啓了一段旅程，並且永遠不會再回家去。沒有人確知牠們爲何如此做。有人認定是基因裡頭渴望繁殖，再加上不願意等待輪到自己爬上狼群的高階。有人聲稱出走狼是特別反社會的狼，牠們不像正常的狼一樣喜歡群體生活。依我的看法，我能認同這兩個理由。但誰知道呢？也許有的狼就是認爲，外面有個廣大的舊世界，如果不盡可能多見識實在很遺憾。到最後，這其實並不重要。有些出走狼孤獨地死去。其他運氣好的遇上別的出走狼，形成牠們自己的狼群。

於是，由於命運奇特的扭轉，我的人生現在達到前所未有的最佳狀態，至少假如用我有多快樂的觀點來評斷的話。在我寫下這些句子時，艾瑪正準備好要生產。嗯，我說「準備好」要生產，但她已經準備好好幾天了。子宮發出許多明顯的隆隆聲，但沒有足夠有系統或規律的關鍵症狀。儘管如此，我抱持著希望。十分期待她隨時呼喚，要我抓起袋子載她去南邁阿密醫院。所以我必須簡短一點。當了四十年無根漂泊的出走者，我終於找到了一個人類的群體。我的第一個孩子，我的兒子，這幾天隨時會出生，而我有種感覺，不大能甩開的一種暗中懷疑，應該就是今天。我希望我的期許不會給他太多壓力，但我想我可能就叫他布列寧。

布列寧：我掛念你躺在三千哩外的法國的骨骸。希望你不會太寂寞。我想念你，想念每天早晨看見你的石頭靈。但，憑眾神的意願，我們這一群不久將會再次到那裡，度過朗格多克永不止息的夏日。在那之前，好好睡吧，我的狼兄弟。我們將在夢裡重逢。

國家圖書館出版品預行編目資料

哲學家與狼／馬克・羅蘭茲（Mark Rowlands）
著；黃意然譯．－－初版．－－臺北市：麥田，
城邦文化出版：家庭傳媒城邦分公司發行，
2009. 12
面；　公分．－－（哲學小徑；16）
譯自：The Philosopher and the Wolf: Lessons From The Wild on Love, Death and Happiness
ISBN 978-986-173-587-0（平裝）

1. 動物行爲 2. 動物故事 3. 哲學人類學

383.7　　　98021701

哲學小徑 16
哲學家與狼（Mark Rowlands）

作　　者　馬克・羅蘭茲
譯　　者　黃意然
責任編輯　李凡、林毓瑜
封面設計　copy
封面繪圖　si:

總 經 理　陳蕙慧
發 行 人　涂玉雲
出　　版　麥田出版
城邦文化事業股份有限公司
100 台北市中山區民生東路二段 141 號 5 樓
電話：(02)2500-7696　傳眞：(02)2500-1966
發　　行　英屬蓋曼群島商家庭傳媒股份有限公司城邦分公司
104 台北市民生東路二段 141 號 4 樓
書虫客服服務專線：(02)25007718・(02)25007719
24 小時傳眞服務：(02)25001900・(02)25001991
服務時間：週一至週五09:30-12:00・13:30-17:00
郵撥帳號：19863813　戶名：書虫股份有限公司
讀者服務信箱 E-mail：service@readingclub.com.tw
麥田部落格　http://blog.pixnet.net/ryefield
香港發行所　城邦（香港）出版集團有限公司
香港灣仔駱克道 193 號東超商業中心 1 樓
電話：(852)25086231　傳眞：(852)25789337
E-mail : hkcite@biznetvigator.com
馬新發行所　城邦（馬新）出版集團 Cite(M)Sdn. Bhd.(458372U)
11, Jalan 30D/146, Desa Tasik, Sungai Besi,
57000 Kuala Lumpur, Malaysia.
電話：603-9056 3833　傳眞：603-9056 2833
電腦排版　浩瀚電腦排版股份有限公司
印　　刷　中原造像股份有限公司
初刷 一刷　2009年12月

城邦讀書花園
www.cite.com.tw

ISBN : 978-986-173-587-0
Printed in Taiwan

定價：320元